Sur l'avenir de nos établissements d'enseignement

Friedrich Wilhelm Nietzsche et Oscar Levy

Writat

Cette édition parue en 2023

ISBN : 9789359257020

Publié par
Writat
email : info@writat.com

Contenu

PRÉFACE.

*(A lire avant les cours, même si cela n'a aucun rapport avec ceux-ci.
)*

Le lecteur dont j'attends quelque chose doit posséder trois qualités : il doit être calme et lire sans hâte ; il ne doit jamais interposer sa propre personnalité et sa propre « culture » particulière ; et il ne doit pas s'attendre, comme résultat final de son étude de ces pages, à ce qu'on lui présente un ensemble de formules nouvelles. Je ne propose pas de fournir des formules ou de nouveaux plans d'études pour *les Gymnasia* ou d'autres écoles ; et je suis bien plus enclin à admirer l'extraordinaire pouvoir de ceux qui sont capables de parcourir toute la distance entre les profondeurs de l'empirisme et les sommets des problèmes culturels particuliers, et qui redescendent au niveau des règles les plus sèches et des plus précises. formule exprimée. Je serai content si seulement je peux gravir une montagne assez haute, du sommet de laquelle, après avoir repris mon souffle, je pourrai obtenir un aperçu général du terrain ; car je ne pourrai jamais, dans ce livre, satisfaire les adeptes des règles tabulées. En effet, je vois venir un moment où des hommes sérieux, travaillant ensemble au service d'une culture complètement rajeunie et purifiée, pourront redevenir les directeurs d'un système d'enseignement quotidien, calculé pour promouvoir cette culture ; et elles seront probablement à nouveau compilées pour élaborer des règles : mais comme cette époque semble désormais lointaine ! Et qu'est-ce qui n'arrivera peut-être pas entre-temps ! Il est tout à fait possible que d'ici là, toutes *les Gymnases* , et peut-être même toutes les universités, soient détruites ou soient devenues si complètement transformées que leurs règlements mêmes pourraient, aux yeux des générations futures, sembler n'être que des reliques de l'histoire. âge des habitants des cavernes.

Ce livre est destiné à des lecteurs calmes, à des hommes qui ne se sont pas encore laissés entraîner dans la folle fuite en avant de notre époque de courses précipitées, et qui n'éprouvent aucun plaisir idolâtre à se jeter sous les roues de ses chars. C'est donc pour les hommes qui ne sont pas habitués à estimer la valeur de toute chose d'après le temps qu'elle économise ou qu'elle perd. Bref, c'est pour quelques-uns. Nous pensons que les thèses «ont encore du temps». Sans aucun scrupule de conscience, ils peuvent améliorer les heures les plus fructueuses et les plus vigoureuses de leur journée en méditant sur l'avenir de notre éducation ; ils peuvent même croire, le soir venu, qu'ils ont utilisé leur journée de la manière la plus digne et la plus utile, à savoir dans la *méditatio generis futuri* . Aucun d'entre eux n'a encore oublié de réfléchir en lisant un livre ; il comprend encore le secret de la lecture entre les lignes, et est en effet si généreux dans ce qu'il apporte lui-même à son étude, qu'il continue à réfléchir sur ce qu'il a lu, peut-être longtemps après avoir mis le livre de côté. Et il ne le fait pas parce qu'il souhaite écrire une critique à ce sujet ou même un autre livre ; mais simplement parce que la réflexion est pour lui un passe-temps agréable. Dépensier frivole ! Tu es un lecteur selon mon cœur ; car tu seras assez patient pour accompagner un auteur à quelque distance que ce soit, même s'il ne voit pas encore lui-même le but qu'il vise, même s'il sent lui-même seulement qu'il doit en tout cas honnêtement croire à un but, pour que une génération future, peut-être très lointaine, pourrait se trouver confrontée à ce vers lequel nous tâtons maintenant aveuglément et instinctivement. Si un lecteur hésite et suggère que tout ce qui est nécessaire est une réforme rapide et audacieuse ; s'il imaginait qu'une nouvelle « organisation » introduite par l'État suffisait, nous craignons qu'il n'ait mal compris non seulement l'auteur mais la nature même du problème considéré.

La troisième et la plus importante stipulation est qu'il ne doit en aucun cas se mettre constamment en avant, lui et sa propre « culture », selon le style de la plupart des hommes modernes, comme le modèle et la mesure corrects de toutes choses. Nous voudrions qu'il soit si instruit qu'il pourrait même penser à son éducation ou la mépriser complètement. C'est seulement ainsi qu'il pourrait se fier entièrement aux conseils de l'auteur ; car ce n'est qu'en vertu de l'ignorance et de la conscience de l'ignorance que celui-ci peut oser se faire entendre. Enfin, l'auteur souhaite que son lecteur soit pleinement conscient du caractère spécifique de notre barbarie actuelle et de ce qui nous distingue, en tant que barbares du XIXe siècle, des autres barbares.

Aujourd'hui, ce livre à la main, l'écrivain part à la recherche de tous ceux qui se trouvent en errance, ici et là, influencés par des sentiments semblables aux siens. Laissez-vous découvrir, vous les solitaires en l'existence desquels je crois ! Vous, les altruistes, souffrant en vous-mêmes de la corruption de l'esprit allemand ! Vous les contemplatifs qui ne pouvez pas, avec des regards précipités, tourner rapidement vos yeux d'une surface à une autre ! Vous, nobles penseurs, dont Aristote disait que vous errez dans la vie vacillants et inactifs tant qu'aucun grand honneur ou cause glorieuse ne vous appelle à l'action ! C'est toi que j'invoque ! Abstenez-vous pour une fois de chercher refuge dans vos repaires de solitude et de sombres appréhensions. N'oubliez pas que ce livre a été conçu pour être votre héraut. Lorsque vous partirez au combat avec toute votre panoplie, qui d'entre vous ne se réjouira pas de penser au héraut qui vous a rallié ?

INTRODUCTION.

Le titre que j'ai donné à ces conférences aurait dû, comme tous les titres, être aussi précis, aussi clair et aussi significatif que possible ; mais je constate maintenant qu'en raison d'un certain excès de précision, dans sa forme actuelle, il est trop court et par conséquent trompeur. Mon premier devoir sera donc de vous expliquer le titre ainsi que l'objet de ces conférences, et de vous présenter mes excuses d'être obligé de le faire. Lorsque j'ai promis de vous parler de l'avenir de nos institutions éducatives, je ne pensais pas spécialement à l'évolution de nos institutions particulières à Bâle. Même si mes observations générales semblent fréquemment s'appliquer particulièrement à nos propres conditions ici, je n'ai personnellement aucune envie de tirer ces déductions, et je ne souhaite pas être tenu responsable si elles devaient être tirées, pour la simple raison que je me considère toujours Vous êtes bien trop étranger inexpérimenté et bien trop superficiellement au courant de vos méthodes pour prétendre porter un jugement sur un tel ordre spécial d'établissements scolaires, ou pour prédire le cours probable de leur développement qui suivra. D'un autre côté, je sais très bien sous quels auspices distingués je dois prononcer ces conférences, à savoir dans une ville qui s'efforce d'éduquer et d'éclairer ses habitants à une échelle si magnifiquement disproportionnée à sa taille qu'elle doit mettre toutes les grandes villes à la honte. Cela étant, je suppose avoir le droit de supposer que dans un domaine où tant est *fait* pour les choses dont je souhaite parler, les gens doivent aussi y *penser* beaucoup. Mon désir, voire ma toute première condition, serait donc de m'unir en esprit à ceux qui non seulement ont réfléchi très profondément aux problèmes de l'éducation, mais qui ont aussi la volonté de promouvoir ce qu'ils pensent être juste par tous les moyens possibles. leur pouvoir. Et, compte tenu des difficultés de ma tâche et du temps limité dont je dispose, à ces auditeurs, seuls, dans mon auditoire, pourrai-je me faire comprendre - et encore, ce sera à condition qu'ils devineront ce que je ne peux faire que suggérer, qu'ils fournissent ce que je suis obligé d'omettre ; en bref, qu'ils n'auront besoin que d'être rappelés et non d'être enseignés. Ainsi, si je rejette toute volonté d'être pris pour un conseiller non invité sur les questions relatives aux écoles et à l'Université de Bâle, je répudie avec plus d'insistance encore le rôle d'un prophète se tenant à l'horizon de la civilisation et prétendant prédire l'avenir de la civilisation. l'éducation et de l'organisation scolaire. Je ne peux pas plus projeter ma vision sur des périodes de temps aussi vastes que je ne peux compter sur sa précision lorsqu'elle est rapprochée trop près d'un objet examiné. Avec mon titre : *Nos* institutions éducatives, je ne souhaite faire référence ni aux établissements de Bâle ni au nombre incalculable d'autres institutions scolaires qui existent aujourd'hui dans les nations du monde ; mais je voudrais me référer aux *institutions allemandes* du genre de celles dont nous nous réjouissons ici. C'est leur avenir qui retiendra désormais notre attention, *c'est-à-dire* l'avenir des écoles élémentaires, secondaires et publiques (Gymnasien) et des universités allemandes. Cependant, tout en poursuivant notre discussion, nous éviterons pour une fois toutes comparaisons et évaluations, et nous nous garderons plus particulièrement de cette illusion flottante selon laquelle nos conditions devraient être considérées comme la norme pour toutes les autres et comme les surpassant. Qu'il suffise qu'elles soient nos institutions, qu'elles ne soient pas devenues une partie de nous-mêmes par simple accident et qu'elles ne nous soient pas imposées comme un vêtement ; mais qu'ils sont des monuments vivants d'étapes importantes dans le progrès de la civilisation, et à certains égards même des meubles d'une époque révolue, et qu'en tant que tels nous lient au passé de notre peuple, et constituent un héritage si sacré et vénérable que je ne peux que entreprenons de parler de l'avenir de nos institutions éducatives dans le sens où elles constituent l'approximation la plus probable de l'esprit idéal qui leur a donné naissance. Je suis d'ailleurs convaincu que les nombreuses modifications qui ont été introduites dans ces dernières années dans ces institutions, en vue de les mettre au goût du jour, ne sont pour la plupart que des distorsions et des aberrations des tendances originellement sublimes qui leur étaient données. à leur fondation. Et ce que nous osons espérer de l'avenir, en ce nom, participe tellement de la nature d'un rajeunissement, d'une reviviscence et d'un raffinement de l'esprit de l'Allemagne que, grâce à ce processus même, nos institutions éducatives peuvent également être indirectement remodelés et renaître, de manière à apparaître à la fois anciens et nouveaux, alors qu'aujourd'hui ils prétendent seulement être « modernes » ou « au goût du jour ».

Or, c'est seulement dans l'esprit de l'espoir évoqué ci-dessus que je souhaite parler de l'avenir de nos institutions éducatives : et c'est le deuxième point sur lequel je dois d'emblée présenter mes excuses. La pose du « prophète » est si présomptueuse qu'il semble presque ridicule de nier que j'ai l'intention de l'adopter. Personne ne devrait tenter de décrire l'avenir de notre éducation, ainsi que les moyens et méthodes d'enseignement qui s'y rapportent, dans un esprit prophétique, à moins de prouver que le tableau qu'il dresse existe déjà en germe aujourd'hui et que tout ce qui est nécessaire est l'extension et le développement de cet embryon si l'on veut apporter les modifications nécessaires dans les écoles et autres établissements d'enseignement. Tout ce que je demande, c'est, comme un aruspice romain, de pouvoir entrevoir des vols de l'avenir dans les entrailles mêmes des conditions existantes, ce qui, dans ce cas, ne signifie rien de plus que de remettre le laurier de la victoire à l'un des peuples. de nombreuses forces tendent à se faire sentir dans notre système éducatif actuel, même si la force en question n'est peut-être ni une force favorite, ni une force estimée, ni une force très étendue. J'affirme cependant avec confiance qu'elle sera victorieuse, parce qu'elle a le plus fort et le plus puissant de tous les alliés dans la nature elle-même ; et à cet égard, il était bon que nous n'ayons pas oublié que nombre des tout premiers principes de nos méthodes éducatives modernes sont profondément artificiels et que les faiblesses les plus fatales de notre époque doivent être attribuées à cette artificialité. Celui qui se sent en parfaite harmonie avec l'état actuel des choses et qui l'accepte *comme quelque chose de « naturel »* [1] n'excite notre envie ni en ce qui concerne sa foi, ni en ce qui concerne ce mot monstrueux de « *naturel* », si fréquemment entendu dans cercles à la mode.

Mais celui qui est d'un avis contraire et qui est donc désespéré n'a plus besoin de se battre : il lui suffit de s'abandonner à la solitude pour se retrouver bientôt seul. Mais entre ceux qui tiennent tout pour acquis et ces anachorètes, il y a les *combattants* , c'est-à-dire ceux qui ont encore de l'espoir, et comme l'exemple le plus noble et le plus sublime de cette classe, nous reconnaissons Schiller tel qu'il est décrit par Goethe dans son "Épilogue à la cloche".

" Sa joue brillait maintenant plus brillamment, et encore plus brillante
Avec cet éclat immuable et toujours jeune : -
Ce courage qui triomphe, dans un combat acharné,
Tôt ou tard, de chaque ennemi terrestre, -
Cette foi qui s'élève vers les royaumes de lumière,
tantôt avance hardiment, tantôt se penche,
afin que le bien puisse travailler, croître, prospérer,
afin que le jour que le noble puisse atteindre. [2]

Je voudrais que vous considériez tout ce que je viens de dire comme une sorte de préface dont le but est d'illustrer le titre de mes cours et de me prémunir contre d'éventuels malentendus et critiques injustifiées. Et maintenant, afin de vous donner une idée générale de l'éventail d'idées à partir desquelles je tenterai de former un jugement concernant nos institutions éducatives, avant de procéder à la divulgation de mes vues et de passer du titre au sujet principal, je vais exposer un projet devant vous qui, comme un blason, servira à avertir tous les étrangers qui se présenteront à ma porte, de la nature de la maison dans laquelle ils s'apprêtent à entrer, au cas où ils se sentiraient enclins, après avoir examiné l'appareil, à tourner le dos aux locaux qui le portent. Mon schéma est le suivant : -

Deux forces apparemment antagonistes, également délétères dans leurs actions et finalement combinées pour produire leurs résultats, règnent actuellement sur nos institutions éducatives, bien que celles-ci fussent fondées à l'origine sur des principes très différents. Ces forces sont les suivantes : d'une part, un effort visant à réaliser la plus grande *extension possible de l'éducation* , et d'autre part, une tendance *à la minimiser et à l'affaiblir* . Les premiers voudraient diffuser le savoir parmi le plus grand nombre possible, les seconds contraindraient l'éducation à renoncer à ses prétentions les plus élevées et les plus indépendantes pour se soumettre au service de l'État. Face à ces deux tendances antagonistes, nous ne pourrions que nous livrer au désespoir, si nous ne voyions pas la possibilité de faire avancer la cause de deux autres facteurs antagonistes, heureusement aussi complètement allemands que riches de promesses pour l'avenir ; Je considère le mouvement actuel vers *la limitation et la concentration* de l'éducation comme l'antithèse de la première des forces mentionnées ci-dessus, et cet autre mouvement vers le *renforcement et l'indépendance* de l'éducation comme l'antithèse de la seconde force. Si nous devions chercher une garantie pour notre croyance en la victoire finale des deux derniers mouvements, nous pourrions la trouver dans le fait que les deux forces que nous tenons pour délétères sont tellement opposées au dessein éternel de la nature que la concentration de l'éducation pour quelques-uns est en harmonie avec elle et est vraie, alors que les deux premières forces n'ont pu réussir qu'à fonder une culture fausse jusqu'à la racine.

NOTES DE BAS DE PAGE :

[1] Bien sûr = « accordé ou compris ».

[2] *Les poèmes de Goethe.* Traduction d'Edgar Alfred Bowring. (Éd. 1853.)

PREMIÈRE CONFÉRENCE.

(*Livré le 16 janvier 1872.*)

Mesdames et Messieurs, — Le sujet que je me propose maintenant d'examiner avec vous est si sérieux et si important, et est en un sens si inquiétant, que, comme vous, je me tournerais volontiers vers quiconque pourrait me fournir quelques informations à ce sujet. — fût-il si jeune, ses idées étaient-elles si improbables — pourvu qu'il soit capable, par l'exercice de ses propres facultés, de fournir une explication satisfaisante et suffisante. Il est tout à fait possible qu'il ait eu l'occasion d' *entendre* des opinions judicieuses exprimées à propos de la question épineuse de l'avenir de nos institutions éducatives, et qu'il souhaite vous les répéter ; il a peut-être même eu des maîtres distingués, pleinement qualifiés pour prédire ce qui va arriver, et, comme les *aruspices* de Rome, capables de le faire après une inspection des entrailles du Présent.

En fait, vous pouvez vous-même attendre quelque chose de ce genre de ma part. Il m'est arrivé une fois, dans des circonstances étranges mais parfaitement inoffensives, d'entendre une conversation à ce sujet entre deux hommes remarquables, et les points les plus frappants de la discussion, ainsi que leur manière de traiter le sujet, sont imprimés de manière si indélébile dans ma mémoire que, Chaque fois que je réfléchis à ces questions, je me retrouve invariablement dans le sens de leurs pensées. Je ne peux cependant prétendre avoir la même confiance courageuse dont ils ont fait preuve, à la fois dans leur énoncé audacieux de vérités interdites et dans la conception encore plus audacieuse des espérances avec lesquelles ils m'ont étonné. Il m'a donc paru de la plus haute importance qu'un compte rendu de cette conversation soit fait, afin que d'autres puissent être invités à se faire un jugement sur les vues et conclusions frappantes qu'elle contient : et, à cette fin, j'avais un il y a des raisons de croire que je ferais bien de profiter de l'opportunité offerte par ce cours de conférences.

Je suis bien conscient de la nature de la communauté à la considération de laquelle je souhaite maintenant recommander cette conversation - je sais que c'est une communauté qui s'efforce d'éduquer et d'éclairer ses membres à une échelle si magnifiquement disproportionnée à sa taille que cela doit faire honte à toutes les grandes villes. Cela étant, je suppose que je peux tenir pour acquis que dans un domaine où tant est *fait* pour les choses dont je souhaite parler, les gens doivent aussi y *penser* beaucoup. Dans le récit de la conversation déjà mentionnée, je ne pourrai me faire parfaitement comprendre qu'à ceux de mon auditoire qui sauront deviner ce que je ne peux que suggérer, qui fourniront ce que je suis obligé d'omettre, et qui, avant tout, n'a besoin que d'être rappelé et non enseigné.

Écoutez donc, mesdames et messieurs, pendant que je raconte mon expérience inoffensive et la conversation la moins anodine entre les deux messieurs que, jusqu'à présent, je n'ai pas nommés.

Imaginons-nous maintenant dans la position d'un jeune étudiant, c'est-à-dire dans une position qui, à notre époque actuelle de mouvements ahurissants et d'excitabilité fébrile, est devenue presque impossible. Il faut l'avoir vécu pour croire que de telles insouciances et une telle indifférence confortable à l'instant présent ou au temps en général sont possibles. Dans cet état, moi et un ami de mon âge avons passé une année à l'Université de Bonn sur le Rhin. C'était une année qui, dans son absence totale de plans et de projets pour l'avenir, semble presque être un rêve pour moi. moi maintenant – un rêve encadré, pour ainsi dire, par deux périodes de croissance. Nous restions tous les deux tranquilles et paisibles, bien que nous fussions entourés de gens qui, pour la plupart, avaient des dispositions très différentes, et nous éprouvions de temps en temps des difficultés considérables à rencontrer et à résister aux avances un peu trop pressantes des jeunes gens de notre âge. Mais maintenant que je peux considérer la position que nous avons dû prendre contre ces forces opposées, je ne peux m'empêcher de les associer dans mon esprit à ces échecs que nous avons l'habitude de recevoir dans nos rêves, comme, par exemple, lorsque nous imaginons que nous sommes capables de voler et pourtant nous nous sentons retenus par une puissance incompréhensible.

Mon ami et moi avions de nombreux souvenirs communs, et ceux-ci dataient de notre enfance. Il faut que je vous en raconte une, car elle constitue une sorte de prélude à l'expérience inoffensive déjà évoquée. A l'occasion d'un certain voyage sur le Rhin, que nous avions fait ensemble un été, il arriva que lui et moi concevions indépendamment le même projet, à la même heure et au même endroit, et nous fûmes tellement frappés par cette coïncidence insolite. que nous étions déterminés à exécuter le plan immédiatement. Nous décidâmes de fonder une sorte de petit club qui serait composé de nous-mêmes et de quelques amis, et dont le but serait de nous fournir une organisation stable et contraignante dirigeant et ajoutant de l'intérêt à nos impulsions créatrices en art et en littérature ; ou, pour le dire plus clairement : chacun de nous s'engagerait à présenter une fois par mois au club une œuvre originale, soit un poème, un traité, une conception architecturale ou une composition musicale, sur laquelle chacun des membres du club s'engagerait. d'autres, dans un esprit amical, devraient subir des critiques libres et sans retenue.

Nous espérions ainsi, par une correction mutuelle, pouvoir à la fois stimuler et calmer nos élans créateurs et, en fait, le succès du projet fut tel que nous éprouvions toujours tous deux une sorte d'attachement respectueux pour l'heure. et l'endroit où il a pris forme pour la première fois dans nos esprits.

Cet attachement se transforma très vite en rite ; car nous étions tous d'accord pour aller, chaque fois que cela serait possible, une fois par an dans ce lieu isolé près de Rolandseck, où, ce jour d'été, alors que nous étions assis ensemble, perdus dans la méditation, nous fûmes soudain inspirés par la même pensée. A vrai dire, les règles qui ont été élaborées lors de la création du club n'ont jamais été très strictement observées ; mais parce que nous avions de nombreux péchés d'omission sur la conscience pendant notre année d'études à Bonn, lorsque nous étions de nouveau sur les rives du Rhin, nous avons fermement résolu non seulement d'observer notre règle, mais aussi de satisfaire nos sentiments et notre sentiment de gratitude ont été nommés par une visite respectueuse à cet endroit près de Rolandseck ce jour-là.

Ce fut cependant avec quelques difficultés que nous pûmes mettre à exécution nos plans ; car, le jour même que nous avions choisi pour notre excursion, la nombreuse et vivante association d'étudiants, qui nous gênait toujours dans nos vols, faisait tout son possible pour nous mettre des obstacles et nous retenir. Notre association avait organisé une excursion de vacances à Rolandseck le jour même que mon ami et moi avions fixé, le but de cette sortie étant de réunir une dernière fois tous ses membres à la fin du semestre et de les renvoyer chez eux. avec d'agréables souvenirs de leurs dernières heures ensemble.

La journée était glorieuse ; le temps était de celui qui, dans notre climat du moins, ne nous arrive qu'à la fin de l'été : le ciel et la terre se confondaient harmonieusement et, brillant merveilleusement au soleil, la fraîcheur automnale se mêlait à l'étendue bleue au-dessus. Vêtus de ce brillant costume fantastique auquel, au milieu des modes sombres régnant actuellement, seuls les étudiants peuvent se livrer, nous montâmes à bord d'un bateau à vapeur qui était gaiement décoré en notre honneur et hissâmes notre drapeau sur son mât. Des deux rives de la rivière retentissaient par intervalles des coups de feu de signalisation, tirés selon nos ordres, dans le but d'informer notre hôte de Rolandseck et les habitants du quartier de notre approche. Je ne parlerai pas du voyage bruyant depuis l'embarcadère, à travers le petit endroit excité et impatient, ni des plaisanteries ésotériques échangées entre nous ; Je ne parle pas non plus d'une fête devenue à la fois sauvage et bruyante, ni d'une production musicale extraordinaire à l'exécution de laquelle, que ce soit comme solistes ou comme chœurs, nous avons tous dû finalement participer, et que moi, en tant que notre conseiller musical, club, a non seulement dû répéter, mais a ensuite été contraint de diriger. Vers la fin de ce morceau de plus en plus sauvage et chanté sur un rythme de plus en plus rapide, j'ai fait signe à mon ami, et au moment où le dernier accord résonnait comme un cri dans l'immeuble, lui et moi avons disparu, laissant derrière nous un pandémonium qui fait rage.

En un instant, nous étions dans le calme rafraîchissant et haletant de la nature. Les ombres s'allongeaient déjà, le soleil brillait toujours, bien qu'il eût beaucoup baissé dans le ciel, et des vagues vertes et scintillantes du Rhin une brise fraîche soufflait sur nos visages brûlants. Notre rite solennel ne nous liait qu'en ce qui concernait les dernières heures de la journée, et nous décidâmes donc d'employer les derniers moments de clarté du jour en nous livrant à l'un de nos nombreux passe-temps.

A cette époque, nous aimions passionnément le tir au pistolet et, plus tard, nous trouvâmes tous deux que l'habileté que nous avions acquise en tant qu'amateurs était d'une grande utilité dans notre carrière militaire. Notre serviteur du club connaissait par hasard l'endroit un peu éloigné et élevé qui nous servait de stand de tir, et il y avait porté nos pistolets à l'avance. L'endroit se trouvait près de la lisière supérieure du bois qui couvrait les petites hauteurs derrière Rolandseck : c'était un petit plateau accidenté, voisin de l'endroit que nous avions consacré en souvenir de ses associations. Sur une pente en bois, à côté de notre stand de tir, il y avait un petit terrain débarrassé du bois et qui constituait un lieu d'arrêt idéal ; de là, on apercevait le Rhin par-dessus la cime des arbres et des broussailles, de sorte que les belles lignes ondulantes des Sept Montagnes et surtout des Drachenfels délimitaient l'horizon sur le groupe d'arbres, tandis qu'au centre De l'arc formé par le Rhin lui-même, l'île de Nonnenwörth se détachait comme suspendue dans les bras du fleuve. C'était le lieu qui nous était devenu sacré à cause des rêves et des projets que nous avions eus en commun, et où nous avions l'intention de nous retirer plus tard dans la soirée, et même où nous serions obligés de nous retirer, si nous le voulions. clôturer la journée conformément à la loi que nous nous étions imposée.

À une extrémité du petit plateau accidenté, et non très loin, se dressait le tronc puissant d'un chêne, bien visible sur un fond entièrement dénué d'arbres et constitué simplement de basses collines ondulantes au loin. En travaillant ensemble, nous avions gravé un pentagramme sur le côté de ce tronc d'arbre. Des années d'exposition à la pluie et à la tempête avaient légèrement approfondi les canaux que nous avions creusés, et la silhouette semblait une cible bienvenue pour notre entraînement au pistolet. Il était déjà tard dans l'après-midi lorsque nous atteignîmes notre stand improvisé, et notre souche de chêne projetait une ombre longue et atténuée sur la bruyère aride. Tout était calme : à cause des arbres élevés à nos pieds, nous ne pouvions apercevoir la vallée du Rhin en contrebas. Le calme de l'endroit ne faisait qu'intensifier le bruit de nos coups de pistolet - et j'avais à peine tiré mon deuxième canon sur le pentagramme que je sentis quelqu'un me saisir le bras et remarquai que mon ami avait aussi quelqu'un à côté de lui. qui avait interrompu son chargement.

Tournant brusquement les talons, je me trouvai face à face avec un vieux monsieur étonné et sentis ce qui devait être un chien très puissant se jeter dans mon dos. Mon ami avait été approché par un homme un peu plus jeune que moi ; mais avant que nous puissions exprimer notre surprise, le plus âgé des deux intrus éclata dans le ton menaçant et passionné suivant : « Non ! non ! nous a-t-il lancé, "il ne faut pas se battre en duel ici, mais surtout vous, jeunes étudiants, devez en combattre un. Laissez ces pistolets et ressaisissez-vous. Réconciliez-vous, serrez-vous la main ! Quoi ? - et êtes-vous le sel de la terre, l'intelligence de l'avenir, le germe de nos espérances, et n'êtes-vous même pas capables de vous émanciper du code insensé de l'honneur et de ses règlements violents ? Je ne jetterai aucune calomnie sur vos cœurs, mais vos têtes ne vous font certainement aucun honneur. .Vous, dont la jeunesse est surveillée par la sagesse de la Grèce et de Rome, et dont les esprits juvéniles, au prix d'énormes douleurs, ont été inondés de la lumière des sages et des héros de l'antiquité, ne pouvez-vous pas vous empêcher de faire le code d'honneur chevaleresque, c'est-à-dire le code de la folie et de la brutalité, le principe directeur de votre conduite ? Examinez-le rationnellement une fois pour toutes et réduisez-le à des termes clairs ; mettez à nu sa pitoyable étroitesse et laissez-le être. la pierre de touche, non pas de votre cœur mais de votre esprit. Si vous ne le regrettez pas alors, cela montrera simplement que votre tête n'est pas faite pour travailler dans un domaine où de grands dons de discernement sont nécessaires pour briser les liens des préjugés. , et où une compréhension bien équilibrée est nécessaire pour distinguer le bien du mal, même lorsque la différence entre les deux est profondément cachée et n'est pas, comme dans ce cas, aussi ridiculement évidente. Dans ce cas donc, mes enfants, essayez de vivre la vie d'une autre manière honorable ; rejoignez l'armée ou apprenez un métier qui rapporte.

A ce flot d'éloquence rude, quoique juste il est vrai, nous répondîmes avec une certaine irritation, en nous interrompant continuellement : « D'abord, vous vous trompez sur l'essentiel ; car nous ne sommes pas ici pour nous battre en duel. mais plutôt de s'entraîner au tir au pistolet. Deuxièmement, vous ne paraissez pas savoir comment se déroule un vrai duel ; croyez-vous que nous nous serions affrontés dans cet endroit solitaire, comme deux bandits de grands chemins, sans seconds ni médecins ? etc., etc. ? Troisièmement, en ce qui concerne la question du duel, nous avons chacun nos propres opinions et n'avons pas besoin d'être embêtés et surpris par le genre d'instructions que vous pourriez vous sentir disposé à nous donner.

Cette réponse, qui n'était certainement pas polie, fit une mauvaise impression sur le vieillard. D'abord, lorsqu'il apprit que nous n'allions pas nous battre en duel, il nous regarda avec plus de gentillesse : mais quand nous arrivâmes au dernier passage de notre discours, il parut si contrarié qu'il grogne. Cependant, lorsque nous commençâmes à parler de notre point de vue, il saisit rapidement son compagnon, se retourna brusquement et nous cria d'un ton amer : «Les gens ne doivent pas avoir des points de vue, mais des pensées ! Et puis son compagnon d'ajouter : "Soyez respectueux quand un homme comme celui-là commet ne serait-ce qu'une erreur !"

Pendant ce temps, mon ami, qui avait rechargé, tirait un coup de feu sur le pentagramme, après avoir crié : « Attention ! Ce bruit soudain dans son dos rendit le vieillard sauvage ; Il se retourna encore une fois et regarda mon ami avec aigreur, après quoi il dit à son compagnon d'une voix faible : « Que ferons-nous ? Ces jeunes gens me tueront par leur fusillade. » – « Vous devriez le savoir, " dit le jeune homme en se tournant vers nous, " que vos passe-temps bruyants reviennent, comme cela arrive en cette occasion, à une atteinte à la vie de la philosophie. Vous voyez cet homme vénérable, il est en mesure de vous prier d'y renoncer. de tirer ici. Et quand un tel homme supplie… » « Eh bien, sa demande est généralement accordée », intervint le vieil homme en nous observant sévèrement.

En fait, nous ne savions que penser de toute cette affaire ; nous ne comprenions pas ce que nos passe-temps bruyants pouvaient avoir de commun avec la philosophie ; nous ne voyions pas non plus pourquoi, par respect pour des scrupules polis, nous abandonnerions notre stand de tir, et à ce moment nous aurions pu paraître quelque peu indécis et perturbés. Le compagnon, remarquant notre déconvenue momentanée, se mit à nous expliquer la situation.

« Nous sommes obligés, dit-il, de nous attarder environ une heure dans ce voisinage immédiat ; nous avons rendez-vous ici. Un ami éminent de cet homme éminent doit nous rencontrer ici ce soir ; et nous avions effectivement choisi ce lieu paisible. endroit, avec ses quelques bancs au milieu du bois, pour la réunion. Ce serait vraiment très désagréable si, à cause de votre entraînement continuel au pistolet, nous devions être soumis à une série incessante de chocs; sûrement vos propres sentiments vous dire qu'il vous est impossible de continuer votre tir quand vous apprenez que celui qui a choisi ce lieu calme et isolé pour une rencontre avec un ami est l'un de nos plus éminents philosophes.

Cette explication n'a fait que nous perturber davantage ; car nous voyions nous menacer un danger plus grand encore que la perte de notre stand de tir, et nous demandions avec empressement : « Où est cet endroit tranquille ? Sûrement pas à gauche ici, dans le bois ?

"C'est l'endroit idéal."

— Mais ce soir, cette place nous appartient, intervint mon ami. "Nous devons l'avoir", avons-nous crié ensemble.

Notre célébration projetée depuis longtemps paraissait à ce moment-là plus importante que toutes les philosophies du monde, et nous exprimions nos sentiments avec une telle véhémence et une telle animation que, étant donné le caractère incompréhensible de nos prétentions, nous avons dû faire une figure quelque peu ridicule. En tout cas, nos intrus philosophiques nous regardaient avec des expressions interrogatrices amusées, comme s'ils s'attendaient à ce que nous leur présentions une sorte d'excuses. Mais nous nous taisions, car nous voulions avant tout garder notre secret.

Nous restâmes ainsi debout l'un en face de l'autre en silence, tandis que le coucher du soleil teignait la cime des arbres d'un or vermeil. Le philosophe contemplait le soleil, son compagnon le contemplait, et nous tournâmes nos regards vers notre coin de bois qu'aujourd'hui nous semblions si grand danger de perdre. Un sentiment de colère maussade s'est emparé de nous. Qu'est-ce que la philosophie, nous demandions-nous, si elle empêche un homme d'être seul ou de jouir de la compagnie choisie d'un ami, — en fait, si elle l'empêche de devenir philosophe ? Car nous considérions la célébration de notre rite comme une représentation profondément philosophique. En le célébrant, nous souhaitions former des plans et des résolutions pour l'avenir, au moyen de réflexions tranquilles, nous espérions faire naître une idée qui nous aiderait une fois de plus à former et à satisfaire notre esprit dans l'avenir, tout comme cette ancienne idée l'avait fait au cours de notre vie. notre enfance. L'acte solennel tirait sa signification même de cette résolution, selon laquelle rien de précis ne devait être fait, nous devions seulement être seuls, assis tranquillement et méditer, comme nous l'avions fait cinq ans auparavant lorsque nous avions chacun été inspiré par la même pensée. . Ce devait être une solennisation silencieuse, toute réminiscence et tout futur ; le présent devait être comme un trait d'union entre les deux. Et le destin, désormais hostile, venait d'entrer dans notre cercle magique – et nous ne savions comment l'écarter ; – le caractère très inhabituel des circonstances nous remplissait d'une excitation mystérieuse.

Pendant que nous restions ainsi quelque temps en silence, divisés en deux groupes hostiles, les nuages au-dessus devenaient de plus en plus rouges et la soirée semblait devenir plus paisible et plus douce ; on aurait presque cru entendre la respiration régulière de la nature tandis qu'elle mettait la dernière main à son œuvre d'art, la glorieuse journée dont nous venions de profiter ; quand, tout à coup, l'air calme du soir fut déchiré par un cri de joie confus et bruyant qui semblait venir du Rhin. De nombreuses voix se faisaient entendre au loin : c'étaient celles de nos condisciples qui, à cette époque, devaient déjà avoir pris le Rhin sur de petites embarcations. Nous avons pensé que nous allions nous manquer et que quelque chose aussi devait nous manquer : presque simultanément, mon ami et moi avons levé nos pistolets : nos coups de feu nous ont été renvoyés, et avec leur écho, est venu de la vallée le bruit d'un puits. cri connu destiné à servir de signal d'identification. Car notre passion pour le tir nous avait valu à la fois de la réputation et de la mauvaise réputation dans notre club. En même temps, nous étions conscients que notre comportement envers le couple philosophique silencieux avait été exceptionnellement peu distingué ; ils nous contemplaient tranquillement depuis quelque temps, et lorsque nous tirâmes, le choc les fit se rapprocher l'un de l'autre. Nous nous précipitâmes vers eux et chacun à notre tour criâmes : " Pardonnez-nous. C'était notre dernier coup, et il était destiné à nos amis du Rhin. Ils nous ont compris, vous entendez ? Si vous insistez pour que place parmi les arbres, accorde-nous au moins la permission de nous y étendre aussi. Tu trouveras sur place plusieurs bancs : nous ne te dérangerons pas ; nous resterons assis tout à fait tranquilles et ne prononcerons pas un mot : mais c'est maintenant passé. sept heures et nous *devons* y aller immédiatement.

"Cela semble plus mystérieux qu'il ne l'est", ai-je ajouté après une pause ; "Nous avons fait le vœu solennel de passer cette heure à venir sur ce terrain, et il y avait des raisons à ce vœu. Le lieu est sacré pour nous, grâce à quelques associations agréables, il doit aussi inaugurer pour nous un bel avenir. Nous allons donc "Efforcez-vous de ne vous laisser aucun souvenir désagréable de notre rencontre, même si nous avons fait beaucoup pour vous perturber et vous effrayer."

Le philosophe se taisait ; son compagnon dit cependant : « Nos promesses et nos projets nous obligent malheureusement non seulement à rester, mais aussi à passer la même heure à l'endroit que vous avez choisi. Il nous reste à décider si le destin ou peut-être un esprit en est responsable. pour cette extraordinaire coïncidence."

" D'ailleurs, mon ami, dit le philosophe, je ne suis pas aussi mécontent que moi de ces jeunes guerriers. As-tu remarqué comme ils étaient silencieux tout à l'heure, lorsque nous contemplions le soleil ? Ils ne parlaient ni ne fumaient, Ils restaient immobiles, je crois même qu'ils méditaient."

Se tournant brusquement vers nous, il dit : « *Étiez*- vous en train de méditer ? Racontez-le-moi simplement pendant que nous nous dirigeons vers notre lieu d'épreuve commun. Nous avons fait quelques pas ensemble et avons descendu la pente dans l'air chaud et doux des bois où il faisait déjà beaucoup plus sombre. En chemin, mon ami révélait ouvertement ses pensées au philosophe, il lui avoua combien il avait craint que, peut-être aujourd'hui, pour la première fois, un philosophe ne se mette en travers de sa voie de philosopher.

Le sage rit. "Quoi ? Vous aviez peur qu'un philosophe vous empêche de philosopher ? Cela pourrait facilement arriver : et vous n'avez pas encore fait l'expérience d'une telle chose ? Votre vie universitaire a-t-elle été exempte d'expériences ? Vous assistez sûrement à des cours de philosophie ?"

Cette question nous déconcerta ; car, en fait, il n'y avait jusqu'alors aucun élément de philosophie dans notre éducation. A cette époque d'ailleurs, nous nous imaginions affectueusement que quiconque occupait le poste et possédait la dignité de philosophe devait forcément l'être : nous étions inexpérimentés et mal informés. Nous avouâmes franchement que nous n'avions encore appartenu à aucun collège philosophique, mais que nous rattraperions certainement le temps perdu.

"Alors quoi," demanda-t-il, "vouliez-vous dire quand vous parliez de philosopher ?" J'ai dit : "Nous sommes à court de définition. Mais à toutes fins utiles, nous voulions dire ceci, que nous souhaitions parvenir à des fins sérieuses pour réfléchir aux meilleurs moyens possibles de devenir des hommes de culture." « C'est beaucoup et en même temps très peu », grogne le philosophe ; " Réfléchissez bien. Voici nos bancs, discutons la question de manière exhaustive : je ne dérangerai pas vos méditations sur la manière dont vous devez devenir des hommes de culture. Je vous souhaite du succès et des points de vue, comme dans vos questions de duel ; des points de vue tout nouveaux, originaux et éclairés. Le philosophe ne veut pas vous empêcher de philosopher : mais évitez au moins de le déconcerter par vos coups de pistolet. Essayez d'imiter les Pythagoriciens aujourd'hui : ils, en tant que serviteurs . d'une vraie philosophie, a dû garder le silence pendant cinq ans - peut-être pourrez-vous aussi garder le silence pendant cinq fois quinze minutes, en tant que serviteurs de votre propre culture future, dont vous semblez si préoccupé. "

Nous étions arrivés à destination : la solennisation de notre rite commençait. Comme la fois précédente, il y a cinq ans, le Rhin coulait à nouveau sous une légère brume, le ciel paraissait clair et les bois exhalaient le même parfum. Nous prîmes place dans le coin le plus éloigné du banc le plus éloigné ; assis là, nous étions presque cachés, et ni le philosophe ni son compagnon ne pouvaient voir nos visages. Nous étions seuls : lorsque le son de la voix du philosophe nous parvint, il s'était tellement mêlé au bruissement des feuilles et au murmure bourdonnant des myriades d'êtres vivants habitant les hauteurs boisées, qu'il semblait presque être la musique de la nature. ; en tant que son, cela ne ressemblait à rien de plus qu'à une plainte lointaine et monotone. Nous n'avons en effet pas été dérangés.

Un certain temps s'écoula ainsi, et tandis que la lueur du coucher du soleil devenait de plus en plus pâle, le souvenir de notre jeune engagement en faveur de la culture devenait de plus en plus vif. Il nous semblait que nous devions la plus grande gratitude à la petite société que nous avions fondée ; car il avait fait plus que simplement compléter notre formation dans les écoles publiques ; c'était en fait la seule société fructueuse que nous ayons eue, et dans son cadre nous avons même placé notre vie d'école publique, comme un facteur purement isolé nous aidant dans nos efforts généraux pour atteindre la culture.

Nous le savions que, grâce à notre petite société, aucune idée d'embrasser une carrière particulière ne nous était jamais venue à l'esprit à cette époque. L'exploitation trop fréquente de la jeunesse par l'État, à ses propres fins, c'est-à-dire pour qu'il puisse former au plus vite des fonctionnaires utiles et garantir leur obéissance inconditionnelle au moyen d'examens trop sévères, était restée tout à fait étrangère. à notre éducation. Et pour montrer à quel point nous avions été peu motivés par des pensées utiles ou par la perspective d'un avancement et d'un succès rapides, ce jour-là, nous fûmes frappés par la considération réconfortante que, même alors, nous n'avions pas encore décidé ce que nous devions être - nous nous ne nous étions même pas préoccupés de ce point. Notre petite société avait semé dans nos âmes les graines de cette heureuse indifférence et, rien que pour elle, nous étions prêts à célébrer l'anniversaire de sa fondation avec une chaleureuse gratitude. J'ai déjà souligné, je pense, qu'aux yeux de notre époque si intolérante à l'égard de tout ce qui n'est pas utile, une telle jouissance inutile du moment, une telle berce de soi-même dans le berceau du présent, doivent nécessairement semblent presque incroyables et en tout cas condamnables. Comme nous étions inutiles ! Et comme nous étions fiers d'être inutiles ! Nous nous disputions même pour savoir lequel d'entre nous aurait la gloire d'être le plus inutile. Nous voulions n'attacher aucune importance à quoi que ce soit, avoir des opinions arrêtées sur rien, ne viser rien ; nous ne voulions pas nous soucier du lendemain, et ne désirions rien de plus que de nous allonger confortablement comme des bons à rien sur le seuil du présent ; et nous l'avons fait – bénissez-nous !

— Voilà, mesdames et messieurs, notre position à l'époque ! —

Absorbé par ces réflexions, j'étais sur le point de répondre de la même manière autosuffisante à la question de l'avenir de *nos institutions éducatives, quand je me suis peu à peu rendu compte que la « musique naturelle », sortie du banc des philosophes, avait* a perdu son caractère original et nous est parvenu dans des tons beaucoup plus perçants et distincts qu'auparavant. Soudain, j'ai pris conscience que j'écoutais, que j'écoutais et que j'étais passionnément intéressé, mes deux oreilles étant parfaitement attentives à chaque son. J'ai donné un coup de coude à mon ami, visiblement un peu fatigué, et je lui ai murmuré : "Ne t'endors pas ! Il y a quelque chose à apprendre là-bas. Cela s'applique à nous, même si cela ne nous est pas destiné."

Par exemple, j'entendais le plus jeune des deux hommes se défendre avec une grande animation tandis que le philosophe le réprimandait avec une véhémence toujours plus grande. "Tu es inchangé", lui cria-t-il, "malheureusement inchangé. Je ne comprends pas comment tu peux encore être le même qu'il y a sept ans, lorsque je t'ai vu pour la dernière fois et que je t'ai laissé avec tant d'inquiétude. Je crains de devoir une fois de plus vous dépouiller, même à contrecœur, de la peau de la culture moderne que vous avez faite entre-temps ; - et qu'est-ce que je trouve dessous ? Le même caractère « intelligible » immuable, en vérité, selon Kant ; mais malheureusement le Je me demande dans quel but ai-je vécu en tant que philosophe, si, possédé comme vous, je suis d'une intelligence non négligeable et d'une véritable soif d'intelligence. connaissances, toutes les années que vous avez passées en ma compagnie ne vous ont pas laissé une impression plus profonde. À présent, vous vous comportez comme si vous n'aviez même pas entendu le principe cardinal de toute culture, que je me suis tant donné la peine de vous inculquer au cours de notre ancienne intimité. Dites-moi, quel était ce principe ?

"Je me souviens," répondit l'élève grondé, "vous disiez que personne ne s'efforcerait d'atteindre la culture s'il savait à quel point le nombre des gens vraiment cultivés est incroyablement petit et pourra jamais l'être. Et même ce nombre de gens vraiment cultivés est incroyablement petit." Les gens ne seraient pas possibles si une multitude prodigieuse, pour des raisons opposées à leur nature et uniquement guidées par une séduisante illusion, ne se vouait pas à l'éducation. C'était donc une erreur de révéler publiquement la disproportion ridicule entre le nombre des gens réellement cultivés. et l'énorme ampleur de l'appareil éducatif. C'est là que réside tout le secret de la culture, à savoir qu'une foule innombrable d'hommes luttent pour y parvenir et travaillent dur pour y parvenir, apparemment dans leur propre intérêt, alors qu'au fond ce n'est que pour y arriver. afin qu'il soit possible à quelques-uns d'y parvenir.

"C'est le principe", dit le philosophe, "et pourtant vous pourriez vous oublier jusqu'à croire que vous êtes l'un des rares ? Cette pensée vous est venue à l'esprit, je le vois. C'est pourtant le résultat. du caractère sans valeur de l'éducation moderne. Les droits du génie sont en train d'être démocratisés afin que les gens puissent être soulagés du travail d'acquisition de la culture et de leur besoin en elle. Chacun veut, si possible, s'étendre à l'ombre de l'arbre planté par génie, et pour échapper à la terrible nécessité de travailler pour lui, afin que sa procréation soit rendue possible. Quoi ? Êtes-vous trop fier pour être enseignant ? Méprisez-vous la multitude pressante des apprenants ? Parlez-vous avec mépris de la vocation de l'enseignant ? « Et, en imitant mon mode de vie, voudriez-vous vivre dans un isolement solitaire, hostilement isolé de cette multitude ? Pensez-vous que vous puissiez atteindre d'un seul coup ce que j'ai finalement dû gagner pour moi-même seulement après des luttes longues et déterminées, afin même pour pouvoir vivre comme un philosophe ? Et ne craignez-vous pas que la solitude se venge sur vous ? Essayez simplement de vivre la vie d'un ermite de la culture. Il faut être doté d'une richesse débordante pour vivre pour le bien de tous de ses propres ressources ! Des jeunes extraordinaires ! Ils croyaient qu'il leur incombait d'imiter ce qui est précisément le plus et le plus élevé, ce qui n'est possible qu'au maître, alors qu'ils savent avant tout combien cela est difficile et dangereux, et combien d'excellents dons peuvent être ruinés en essayant de le faire. il!"

"Je ne vous cacherai rien, monsieur", répondit le compagnon. "J'ai trop entendu parler de vos lèvres à des moments étranges et j'ai été trop longtemps en votre compagnie pour pouvoir m'abandonner entièrement à notre système actuel d'éducation et d'instruction. Je suis trop douloureusement conscient des erreurs et des abus désastreux auxquels vous j'avais l'habitude d'attirer mon attention, bien que je sache bien que je ne suis pas assez fort pour espérer un succès si je luttais si vaillamment contre eux. J'étais envahi par un sentiment de découragement général ; mon recours à la solitude n'était le résultat ni de l'un ni de l'autre. de fierté ni d'arrogance. J'aimerais vous décrire ce que je considère être la nature des questions éducatives qui attirent aujourd'hui une attention si énorme et si urgente. Il m'a semblé que je devais reconnaître deux directions principales dans les forces à l'œuvre - deux directions apparemment antagonistes tendances, également délétères dans leur action, et qui se combinent finalement pour produire leurs résultats : un effort pour réaliser la plus grande *expansion possible* de l'éducation, d'une part, et une tendance à la *minimiser et à l'affaiblir* , de l'autre. Les premiers devaient, pour diverses raisons, diffuser le savoir au plus grand nombre ; la seconde contraindrait l'éducation à renoncer à ses prétentions les plus élevées, les plus nobles et les plus sublimes pour se subordonner à quelque autre domaine de la vie, comme le service de l'État.

« Je crois avoir déjà fait allusion au quartier où l'on crie le plus haut en faveur de la plus grande expansion possible de l'éducation. Cette expansion appartient au dogme le plus aimé de l'économie politique moderne. Autant de connaissances et d'éducation que possible ; l'offre et la demande les plus grandes possibles, donc le plus de bonheur possible : telle est la formule : dans ce cas, l'utilité devient l'objet et le but de l'éducation, l'utilité au sens de gain, le plus grand gain pécuniaire possible. à l'étude, la culture serait définie comme ce point d'observation qui permet de « rester à la pointe de son âge », d'où l'on peut voir tous les chemins les plus faciles et les meilleurs vers la richesse, et avec lequel on contrôle tous les moyens de communication. entre les hommes et les nations. Le but de l'éducation, selon ce schéma, serait d'élever les hommes les plus « courants » possibles, « courants » étant utilisé ici dans le sens où il s'applique aux monnaies du royaume. plus il y aura de tels hommes, plus une nation sera heureuse ; et c'est précisément le but de nos institutions éducatives modernes : aider chacun, dans la mesure où sa nature le permet, à devenir « actuel » ; le développer de manière à ce que son degré particulier de connaissance et de science puisse lui rapporter le plus grand bonheur et le plus grand gain pécuniaire possible. Chacun doit être capable de se faire une sorte d'estimation de lui-même ; il doit savoir ce qu'il peut raisonnablement attendre de la vie. Le « lien entre l'intelligence et la propriété » que postule ce point de vue a presque la force d'un principe moral. Dans ce quartier, on déteste toute culture qui isole, qui fixe des objectifs au-delà de l'or et du gain, et qui demande du temps : il est d'usage de se débarrasser de ces tendances excentriques dans l'éducation comme des systèmes d'« égoïsme supérieur » ou de « culture immorale – épicurisme ». ' Selon la morale qui règne ici, les exigences sont bien différentes ; ce qu'il faut avant tout, c'est « une éducation rapide », afin qu'un être capable de gagner de l'argent puisse naître en toute vitesse ; On souhaite même que cette éducation soit si approfondie que l'on puisse élever un être capable de gagner beaucoup *d'* argent. Les hommes n'ont droit qu'à la quantité précise de culture qui est compatible avec les intérêts du gain ; mais c'est au moins ce montant qu'on attend d'eux. En bref : l'humanité a un droit nécessaire au bonheur sur terre – c'est pourquoi la culture est nécessaire – mais pour cela seulement ! »

"Je dois juste dire quelque chose ici", a déclaré le philosophe. "Dans le cas du point de vue que vous avez décrit si clairement, il existe un danger grand et terrible qu'à un moment ou à un autre, les grandes masses dépassent les classes moyennes et se précipitent tête baissée dans ce bonheur terrestre. C'est ce qu'on appelle maintenant "le question sociale. Il pourrait sembler à ces masses que l'éducation pour le plus grand nombre d'hommes n'est qu'un moyen d'accéder au bonheur terrestre d'un petit nombre : « la plus grande expansion possible de l'éducation » affaiblit tellement l'éducation qu'elle ne peut plus conférer de privilèges ni inspirer le respect . La forme générale de culture est simplement de la barbarie. Mais je ne souhaite pas interrompre votre discussion.

Le compagnon poursuit : « Il y a encore d'autres raisons, outre ce dogme économique bien-aimé, qui justifient l'expansion de l'éducation, si vaillamment recherchée partout. Dans certains pays, la peur de l'oppression religieuse est si générale et la crainte de ses résultats si Il est évident que les hommes de toutes les classes de la société aspirent à la culture et en absorbent avidement les éléments censés disperser les instincts religieux. Ailleurs, l'État, à son tour, lutte ici et là pour sa propre conservation, après la plus grande expansion possible. de l'éducation, parce qu'elle se sent toujours assez forte pour porter sous son joug l'émancipation la plus déterminée, issue de la culture, et approuve volontiers tout ce qui tend à étendre la culture, pourvu qu'elle soit au service de ses fonctionnaires ou de ses soldats, mais dans le Dans ce cas, les fondements d'un État doivent être suffisamment larges et solides pour constituer une contrepartie appropriée aux arches complexes de la culture qu'il soutient, tout comme dans le premier cas les traces de Il faut encore ressentir une certaine tyrannie religieuse pour qu'un peuple soit poussé à des remèdes aussi désespérés. Ainsi, partout où j'entends les masses réclamer une expansion de l'éducation, j'ai l'habitude de me demander si cette demande est stimulée par une soif avide de gain et de propriété, par le souvenir d'une persécution religieuse antérieure, ou par l'égoïsme prudent de la population. l'État lui-même.

« D'un autre côté, il me semblait qu'il y avait encore une autre tendance, moins bruyante peut-être, mais tout aussi forte, qui, venant de divers côtés, était animée par un désir différent : le désir de minimiser et d'affaiblir l'éducation. .

« Dans tous les milieux cultivés, les gens ont l'habitude de se murmurer quelque chose dans ce style : c'est un fait général qu'en raison de l'exploitation frénétique actuelle du savant au service de sa science, son éducation devient *chaque* jour plus accidentel et plus incertain. Car l'étude des sciences s'est étendue à des distances si interminables que celui qui, bien que non exceptionnellement doué, possède pourtant de bonnes capacités, devra se consacrer exclusivement à une branche et ignorer toutes les autres s'il souhaite un jour Par conséquent, s'il s'élève au-dessus du troupeau par sa spécialité, il reste néanmoins l'un d'entre eux pour tout le reste, c'est-à-dire pour toutes les choses les plus importantes de la vie. , un spécialiste des sciences ne ressemble en rien à un ouvrier d'usine qui passe toute sa vie à tourner une vis ou une poignée particulière sur un certain instrument ou une certaine machine, métier dans lequel il acquiert l'habileté la plus consommée. En Allemagne, où nous savons draper des faits aussi douloureux des vêtements glorieux de l'imagination, cette étroite spécialisation de nos savants est même admirée, et leur déviation toujours plus grande de la voie de la vraie culture est considérée comme un phénomène moral. . La « fidélité dans les petites choses », la « fidélité obstinée » deviennent des expressions du plus haut éloge funèbre, et le manque de culture en dehors de la spécialité est affiché à l'étranger comme un signe de noble suffisance.

« Pendant des siècles, il a été entendu qu'on faisait allusion aux seuls savants quand on parlait d'hommes cultivés ; mais l'expérience nous dit qu'il serait difficile de trouver aujourd'hui une relation nécessaire entre les deux classes. un homme aux fins de la science est accepté partout sans le moindre scrupule. Qui oserait encore se demander : quelle peut être la valeur d'une science qui consomme ses serviteurs de cette manière vampirique ? La division du travail dans la science lutte pratiquement vers le même C'est le but que poursuivent consciemment les religions de certaines parties du monde, c'est-à-dire la diminution et même la destruction du savoir, mais ce qui, dans le cas de certaines religions, est un objectif parfaitement justifiable, tant quant à leur origine et à leur histoire, ne peuvent équivaloir qu'à une auto-immolation lorsqu'ils sont transférés dans le domaine de la science. Dans toutes les questions d'ordre général et sérieux, et surtout en ce qui concerne les problèmes philosophiques les plus élevés, nous avons déjà déjà atteint un point où l'homme scientifique, en tant que tel, n'a plus le droit de parler. D'autre part, cette couche adhésive et tenace qui comble désormais les interstices entre les sciences — le journalisme — croit avoir ici une mission à remplir, et elle le fait, selon ses lumières particulières, c'est-à-dire comme son nom l'indique, à la manière d'un journalier.

"C'est précisément dans le journalisme que les deux tendances se combinent et n'en font qu'une. L'expansion et la diminution de l'éducation ici s'unissent. Le journal se substitue en fait à la culture, et celui qui, même en tant qu'érudit, souhaite exprimer une quelconque revendication pour l'éducation, doit tirer parti de cette couche visqueuse de communication qui cimente les liens entre toutes les formes de vie, toutes les classes, tous les arts et toutes les sciences, et qui est aussi solide et fiable que l'est généralement le journal. Dans ce journal, les objectifs éducatifs particuliers du présent culminent, au moment même où le journaliste, le serviteur du moment, a pris la place du génie, du leader de tous les temps, du libérateur de la tyrannie du moment. moi, distingué maître, quels espoirs pourrais-je encore avoir dans une lutte contre le bouleversement généralisé de tous les véritables objectifs de l'éducation ; avec quel courage puis-je, moi, un seul enseignant, avancer, quand je sais qu'à l'instant où les germes d'un réel Les cultures sont possédées, seront-elles impitoyablement écrasées par le rouleau de cette pseudo-culture ? Imaginez à quel point le travail le plus énergique doit être inutile de la part d'un professeur individuel, qui voudrait ramener un élève dans le monde hellénique lointain et évasif et dans le véritable foyer de la culture, alors qu'en moins d'une heure, ce même élève ayez recours au journal, au dernier roman ou à un de ces livres savants dont le style même porte déjà l'empreinte révoltante de la culture barbare moderne...

"Maintenant, silence une minute !" interrompit le philosophe d'une voix forte et sympathique. "Je vous comprends maintenant et je n'aurais jamais dû vous parler de manière aussi méchante. Vous avez tout à fait raison, sauf dans votre désespoir. Je vais maintenant vous dire quelques mots de consolation."

DEUXIÈME CONFÉRENCE.

(*Livré le 6 février 1872.*)

MESDAMES ET MESSIEURS , Ceux d'entre vous à qui j'ai maintenant le plaisir de m'adresser pour la première fois et dont la seule connaissance de ma première conférence provient de rapports n'hésiteront pas, je l'espère, à être introduits ici au milieu d'un dialogue qui J'avais commencé à raconter la dernière fois, et dont je dois maintenant rappeler les derniers points. Le jeune compagnon du philosophe plaidait ouvertement et confidentiellement auprès de son distingué précepteur, et s'excusait d'avoir jusqu'ici renoncé à sa vocation d'enseignant pour passer ses journées dans une solitude inconfortable. Aucun soupçon de dédain ou d'arrogance ne l'avait déterminé à prendre cette résolution.

" J'ai trop entendu parler de vos lèvres à diverses reprises, " dit l'élève direct, " et j'ai été trop longtemps en votre compagnie pour m'abandonner aveuglément à nos systèmes actuels d'éducation et d'instruction. Je suis trop douloureusement conscient du désastreux erreurs et abus sur lesquels vous aviez l'habitude d'attirer mon attention, et pourtant je sais que je suis loin de posséder la force requise pour réussir, quelque vaillamment que je puisse lutter pour briser les remparts de cette prétendue culture. par un sentiment général de dépression : mon recours à la solitude n'était ni de l'arrogance ni de la dédain. Alors, pour expliquer sa conduite, il décrivit si vivement le caractère général des méthodes éducatives modernes que le philosophe ne put s'empêcher de l'interrompre d'une voix pleine de sympathie et de lui crier des paroles de réconfort.

« Maintenant, tais-toi une minute, mon pauvre ami, s'écria-t-il ; "Je peux plus facilement vous comprendre maintenant, et je n'aurais pas dû perdre patience avec vous. Vous avez tout à fait raison, sauf dans votre désespoir. Je vais maintenant vous dire quelques mots de réconfort. Combien de temps pensez-vous que l'état de l'éducation dans les écoles de notre temps, qui semble vous peser si lourdement, durera-t-elle ? Je ne vous cacherai pas mon opinion sur ce point : son temps est révolu, ses jours sont comptés. Le premier qui osera être Des milliers d'âmes courageuses lui feront écho de son honnêteté à cet égard, car, au fond, il existe une entente tacite entre les hommes les plus noblement doués et les plus chaleureusement disposés d'aujourd'hui. sait ce qu'il a dû souffrir à cause de l'état de la culture dans les écoles : chacun d'entre eux voudrait protéger sa progéniture de la nécessité d'endurer des inconvénients similaires, même s'il était lui-même contraint de s'y soumettre. Si ces sentiments ne sont jamais tout à fait honnêtes cependant, elle est due à un triste manque d'esprit parmi les pédagogues modernes. La thèse manque de réelle initiative ; il y a trop peu d'hommes pratiques parmi eux, c'est-à-dire trop peu d'hommes qui ont de bonnes et nouvelles idées et qui savent que le vrai génie et le véritable esprit pratique doivent nécessairement se réunir chez les mêmes individus, tandis que les hommes pratiques sobres n'ont pas d'idées et ne sont donc pas à la hauteur dans la pratique.

"Que quiconque examine la littérature pédagogique d'aujourd'hui ; celui qui n'est pas choqué par sa pauvreté totale d'esprit et ses pitreries ridiculement maladroites ne peut être gâté. Ici, notre philosophie ne doit pas commencer par l'émerveillement mais par la crainte ; celui qui n'éprouve aucune crainte à ce stade, il faut demander de ne pas se mêler des questions pédagogiques. Bien entendu, l'inverse a été la règle jusqu'à présent : ceux qui étaient terrifiés s'enfuyaient, embarrassés comme vous, mon pauvre ami, tandis que les plus sobres et intrépides On étend ses mains lourdes sur la technique la plus délicate qui ait jamais existé dans l'art, sur la technique de l'éducation. Mais cela ne sera plus possible longtemps encore ; un jour ou l'autre apparaîtra l'homme honnête, qui non seulement aura les bonnes idées dont je parle, mais qui, pour travailler à leur réalisation, osera rompre avec tout ce qui existe actuellement : il pourra, au moyen d'un exemple merveilleux, réaliser ce que les mains larges, jusqu'alors actives, ne pouvaient même pas imiter : alors les gens du monde entier commenceront à faire des comparaisons ; alors les hommes pourront au moins percevoir un contraste et seront en mesure de réfléchir sur ses causes, alors qu'à l'heure actuelle, tant de gens croient encore, en toute bonne foi, que les mains lourdes sont un facteur nécessaire dans le travail pédagogique.

" Mon cher maître, " dit le jeune homme, " je voudrais que vous puissiez me citer un seul exemple qui m'aiderait à voir le bien-fondé des espoirs que vous suscitez si chaleureusement en moi. Nous connaissons tous les deux les écoles publiques ; n'est-ce pas ? Pensez-vous, par exemple, qu'en ce qui concerne ces institutions, tout peut être fait, au moyen d'honnêteté et de bonnes idées nouvelles, pour abolir les coutumes tenaces et désuètes qui existent aujourd'hui ? Dans ce domaine, me semble-t-il, les béliers d'une attaque Le groupe ne devra se heurter à aucun mur solide, mais au plus fatal des principes insensibles et glissants. Le chef de l'assaut n'a pas d'adversaire visible et tangible à écraser, mais plutôt une créature déguisée qui peut se transformer en une centaine de formes différentes. et, dans chacune d'elles, échapper à son emprise, seulement pour réapparaître et confondre son ennemi par de lâches capitulations et de lâches retraites. Ce sont précisément les écoles publiques qui m'ont plongé dans le désespoir et la solitude, simplement parce que je sens que si la lutte ici mène à la victoire, toutes les autres institutions éducatives doivent céder ; mais que, si le réformateur est forcé d'abandonner sa cause ici, autant renoncer à tout espoir sur toute autre question scolastique. Alors, cher maître, éclairez-moi sur les écoles publiques ; "Que peut-on espérer en termes d'abolition ou de réforme ?"

"Je considère également que la question des écoles publiques est aussi importante que vous", a répondu le philosophe. "Tous les autres établissements d'enseignement doivent fixer leurs objectifs conformément à ceux du système scolaire public ; quelles que soient les erreurs de jugement dont il peut souffrir, ils en souffrent également, et si jamais il était purifié et rajeuni, ils le seraient également. Les universités ne peuvent plus prétendre à cette importance en tant que centres d'influence, étant donné que, dans leur état actuel, elles ne sont au moins, sur un point important, qu'une sorte d'annexe au système scolaire public, comme je le soulignerai bientôt. Pour le moment, examinons ensemble ce qui, à mon avis, constitue l'espoir le plus prometteur des deux possibilités : ou bien l' esprit hétéroclite et évasif des écoles publiques, qui a été encouragé jusqu'ici, disparaîtra complètement, ou bien il Il faudra qu'elle soit complètement purifiée et rajeunie. Et pour ne pas vous choquer avec des propositions générales, essayons d'abord de rappeler une de ces expériences d'école publique que nous avons tous vécues et dont nous avons tous souffert. À l'examen, quel est en fait le *système actuel d'enseignement de l'allemand* dans les écoles publiques ?

"Je vais d'abord vous dire ce que cela devrait être. Tout le monde parle et écrit l'allemand aussi mal qu'il est possible de le faire à l'époque de l'allemand des journaux : c'est pourquoi la jeunesse grandissante, qui se trouve être à la fois noble et douée, Il faut le prendre de force et le mettre sous l'ombre du bon goût et d'une discipline linguistique sévère. Si cela n'est pas possible, je préférerais qu'à l'avenir on parle latin, car j'ai honte d'une langue aussi bâclée et viciée.

« Quel serait le devoir d'un établissement d'enseignement supérieur, à cet égard, sinon celui-ci : remettre sur la bonne voie, avec autorité et une sévérité digne, les jeunes négligés, en ce qui concerne leur propre langue, sur la bonne voie et crier " Prenez votre propre langue au sérieux ! Celui qui ne considère pas cette question comme un devoir sacré ne possède même pas le germe d'une culture supérieure. D'après votre attitude à cet égard, d'après votre traitement de votre langue maternelle, nous pouvons jugez à quel point vous estimez haut ou bas l'art et dans quelle mesure vous lui êtes apparenté. Si vous ne remarquez aucune répugnance physique en vous lorsque vous rencontrez certains mots et certaines astuces de langage de notre jargon journalistique, cessez de rechercher la culture ; car ici, dans votre voisinage immédiat, à chaque instant de votre vie, lorsque vous parlez ou écrivez, vous avez une pierre de touche pour tester combien difficile, combien prodigieuse la tâche de l'homme cultivé est, et combien il doit être très improbable qu'un grand nombre de personnes de vous parviendra jamais à la culture.

" Conformément à l'esprit de ce discours, le professeur d'allemand d'une école publique serait obligé d'appeler l'attention de son élève sur des milliers de détails et, avec la certitude absolue du bon goût, de lui interdire l'emploi de tels mots et expressions, car par exemple, comme : « *revendiquer* », « *acquérir* », « *tenir compte de quelque chose* » , « *prendre l'initiative* », « *bien sûr* », [3] etc., *cum tædio in infinitum* . Le même professeur devrait aussi prendre notre auteurs classiques et montrent, ligne par ligne, avec quel soin et avec quelle précision chaque expression doit être choisie lorsqu'un écrivain a le sentiment juste dans son cœur et a sous les yeux une conception parfaite de tout ce qu'il écrit. ses élèves, encore et encore, pour exprimer la même pensée avec toujours plus de bonheur ; et il n'aurait pas à diminuer sa rigueur jusqu'à ce que les moins doués de sa classe aient contracté une peur impie de leur langue et que les autres aient développé un grand enthousiasme pour elle.

« Voilà donc une tâche pour l'éducation dite « formelle » [4] [l'éducation tendant à développer les facultés mentales, par opposition à l'éducation « matérielle » [5] qui n'a pour but que l'acquisition de faits, *par exemple* l'histoire, les mathématiques, etc.], et l'un des plus précieux : mais que trouvons-nous dans l'école publique, c'est-à-dire dans les quartiers généraux de l'éducation formelle ? Celui qui sait appliquer ce qu'il a entendu Ici aussi, il saura quoi penser de l'école publique moderne en tant qu'institution dite éducative. Il découvrira, par exemple, que l'école publique, selon ses principes fondamentaux, n'éduque pas dans le but de la culture, mais pour cela. à des fins scientifiques et, en outre, qu'il semble avoir récemment adopté une ligne de conduite qui indique plutôt qu'il a même abandonné l'érudition en faveur du journalisme comme objet de ses efforts. enseigné.

« Au lieu de cette méthode d'enseignement purement pratique par laquelle le maître habitue ses élèves à une discipline sévère dans leur propre langue, on trouve partout les rudiments d'une méthode historico-scolastique d'enseignement de la langue maternelle : c'est-à-dire que les gens traitez-la comme s'il s'agissait d'une langue morte et comme si le présent et l'avenir n'avaient aucune obligation à son égard. La méthode historique est devenue si universelle à notre époque que même le corps vivant de la langue est sacrifié au nom de Mais c'est précisément là que commence la culture, à savoir comprendre comment traiter le vif comme quelque chose de vital, et c'est là aussi que commence la mission de l'enseignant cultivé : en supprimant les revendications urgentes des « intérêts historiques » partout où il se produit. Il faut avant tout bien *faire* et pas seulement bien *savoir* . Mais notre langue maternelle est un domaine dans lequel l'élève doit apprendre à bien *faire* et, à cette seule fin pratique, l'enseignement de l'allemand est essentiel dans nos établissements scolaires. La méthode historique peut certainement être considérablement plus simple et plus confortable pour l'enseignant ; cela semble également compatible avec un niveau de capacité bien inférieur et, en général, avec une plus petite démonstration d'énergie et de volonté de sa part. Mais nous constaterons que cette observation est valable dans tous les domaines de la vie pédagogique : la méthode la plus simple et la plus confortable se cache toujours sous le déguisement de grandes prétentions et de titres majestueux ; le côté réellement pratique, le *faire* , qui devrait appartenir à la culture et qui, au fond, est le côté le plus difficile, ne rencontre que défaveur et mépris. C'est pourquoi l' honnête homme doit être très clair sur lui-même et sur les autres concernant cette *contrepartie* .

"Maintenant, à part ces incitations savantes à l'étude de la langue, qu'y a-t-il d'autre que le professeur d'allemand a l'habitude d'offrir ? Comment concilie-t-il l'esprit de son école avec l'esprit du petit nombre que l'Allemagne peut revendiquer et qui *est* vraiment cultivé, c'est-à-dire *avec* l'esprit de ses poètes et artistes classiques ? C'est un domaine sombre et épineux, dans lequel on ne peut même pas porter la lumière sans crainte ; mais même ici, nous ne nous cacherons rien ; car tôt ou tard l'ensemble de il faudra le réformer. Dans l'école publique, l'empreinte répugnante de notre journalisme esthétique est imprimée sur l'esprit encore inculte des jeunes. Ici aussi, l'enseignant sème les graines de cette interprétation grossière et volontaire des classiques, qui plus tard Le jeu lui-même comme critique d'art, et qui n'est qu'une barbarie arrogante. Ici, les élèves apprennent à parler de notre unique *Schiller* avec la dédain Marquis de Posa, contre Max et Thekla, à ces sourires le génie allemand s'irrite et une postérité plus digne rougit.

"Le dernier département dans lequel le professeur d'allemand dans une école publique est actif, et qui est souvent considéré comme son domaine d'activité le plus élevé, et est même considéré ici et là comme le summum de l'enseignement scolaire public, est ce qu'on appelle la composition allemande . Etant donné que dans cette section ce sont presque toujours les élèves les plus doués qui manifestent le plus d'enthousiasme, il aurait fallu montrer combien, précisément ici, la tâche du professeur doit être dangereusement *stimulante* . à l'individu, et plus un élève est conscient de ses diverses qualités, plus il fera personnellement sa *composition allemande* . Ce « travail personnel » est encouragé avec un élan supplémentaire dans certaines écoles publiques par le choix de la matière. , dont la preuve la plus forte est, à mon avis, que même dans les classes inférieures est fixé le sujet non pédagogique au moyen duquel l'élève est amené à donner une description de sa vie et de son développement. Or, il suffit de lire les titres des compositions mises en scène dans un grand nombre d'écoles publiques pour se convaincre que probablement la grande majorité des élèves doivent souffrir toute leur vie, sans que ce soit de leur faute, à cause de cette demande prématurée de travail personnel – pour la prolifération immature des pensées. Et combien souvent toutes les performances littéraires ultérieures d'un homme ne sont-elles pas le triste résultat de ce péché pédagogique originel contre l'intellect !

« Pensons seulement à ce qui se passe à tel âge dans la production d'une telle œuvre. C'est la première création individuelle ; les forces encore peu développées tendent pour la première fois à se cristalliser ; la sensation stupéfiante produite par l'exigence d'autonomie. donne à ces premiers spectacles un charme de séduction, non seulement tout à fait nouveau, mais qui ne revient jamais : toutes les audaces de la nature sont arrachées de ses profondeurs, toutes les vanités, libérées des barrières puissantes, sont autorisées pour la première fois à se manifester. prendre une forme littéraire : le jeune homme, dès lors, se sent comme s'il avait atteint sa consommation d'être non seulement capable, mais effectivement invité, à parler et à converser. Le sujet qu'il choisit l'oblige soit à exprimer son jugement sur certaines œuvres poétiques, de classer des personnages historiques dans une description de caractère, de discuter en toute indépendance de graves problèmes éthiques, ou encore de tourner le projecteur vers l'intérieur, de jeter ses rayons sur son propre développement et de faire un rapport critique sur lui-même : dans bref, tout un monde de réflexion s'étale devant le jeune homme étonné et jusque-là presque inconscient, et lui est livré pour qu'il soit jugé.

"Essayons maintenant de nous représenter l'attitude habituelle du professeur à l'égard de ces premiers exemples très influents de composition originale. Qu'est-ce qu'il considère comme le plus répréhensible dans cette classe d'ouvrages ? Sur quoi attire-t-il l'attention de son élève ? — Tout excès de forme ou de la pensée, c'est-à-dire à tout ce qui, à leur âge, est essentiellement caractéristique et individuel. Leurs traits réellement indépendants qui, en réponse à cette excitation très prématurée, ne peuvent se manifester que par la maladresse, la grossièreté et les traits grotesques, — en bref, leur individualité est réprouvée et rejetée par le professeur au profit d'une moyenne décente et sans originalité. D'un autre côté, la médiocrité uniforme suscite des éloges maussades, car, en règle générale, c'est justement le type de travail qui est susceptible d'ennuyer le professeur. soigneusement.

"Il y a peut-être encore des hommes qui reconnaissent dans toute la farce de cette composition allemande un élément le plus absurde et le plus dangereux du programme des écoles publiques. L'originalité est ici exigée : mais la seule forme sous laquelle elle peut se manifester est rejetée, et le ' L'éducation formelle que le système considère comme allant de soi n'est accessible qu'à un nombre très limité d'hommes qui la terminent à un âge mûr. Ici, tout le monde, sans exception, est considéré comme doué pour la littérature et comme capable d'avoir une opinion sur les questions les plus importantes. et aux gens, tandis que le seul but qu'une éducation appropriée devrait s'efforcer d'atteindre avec le plus de zèle serait la suppression de toutes les prétentions ridicules à un jugement indépendant et l'inculcation aux jeunes gens de l'obéissance au sceptre du génie. à une époque où toute parole prononcée ou écrite est un morceau de barbarie. Considérons maintenant, en outre, le danger d'éveiller l'autosatisfaction qui s'éveille si facilement chez la jeunesse ; pensons combien leur vanité doit être flattée lorsqu'ils voient pour la première fois leur reflet littéraire dans le miroir. Qui, ayant vu d' *un seul* coup d'œil tous ces effets, pourrait encore douter que tous les défauts de notre vie publique, littéraire et artistique ne soient pas imprimés à chaque génération nouvelle par le système que nous examinons : production hâtive et vaine, production honteuse fabrication de livres; manque total de style; la méthode d'expression grossière, sans caractère ou tristement fanfaronne ; la perte de tout canon esthétique ; la volupté de l'anarchie et du chaos – bref, les particularités littéraires de notre journalisme et de notre érudition.

"Personne, sauf le plus petit nombre, n'est conscient que, parmi des milliers, un seul peut-être *est* justifié de se décrire comme littéraire, et que tous les autres qui, à leurs risques et périls, tentent de l'être, méritent d'être accueillis par le rire homérique de la part de tous les hommes compétents. une récompense pour chaque phrase qu'ils ont jamais fait imprimer, car c'est vraiment un spectacle digne des dieux que de voir un Héphaïstos littéraire boitant et prétendant nous aider à quelque chose. à cet égard, devrait être le but le plus élevé de toute formation mentale, alors que le *laisser-faire général* de la « belle personnalité » ne peut être rien d'autre que la marque de la barbarie. Au moins dans l'enseignement de l'allemand, aucune pensée n'est accordée à la culture, mais quelque chose de tout à fait différent est en vue, à savoir la production de la « personnalité libre » mentionnée ci-dessus. Et tant que les écoles publiques allemandes ouvrent la voie à un gribouillage scandaleux et irresponsable, tant qu'elles ne considèrent pas la discipline immédiate et pratique de parler et d'écrire comme leur devoir le plus sacré, tant qu'elles traitent la langue maternelle comme si elle n'étaient qu'un mal nécessaire ou un cadavre, je ne considérerai pas ces institutions comme appartenant à la culture réelle.

"En ce qui concerne la langue, ce qui est certainement le moins visible, c'est la trace de l'influence des *exemples classiques* : c'est pourquoi, sur la base de cette seule considération, la soi-disant "éducation classique" que nous sommes censés dispenser l'école publique, me semble quelque chose de extrêmement douteux et confus. Car comment quelqu'un, après avoir jeté un coup d'œil sur ces exemples, ne pouvait-il pas voir le grand sérieux avec lequel le grec et le romain considéraient et traitaient leur langue, depuis leur jeunesse ? comment peut-on se tromper d'exemple sur un point comme celui-ci ? — à condition, bien sûr, que le monde classique hellénique et romain ait réellement plané devant le plan éducatif de nos écoles publiques comme la plus haute et la plus instructive de toutes les morales — une C'est un fait que je suis très enclin à douter. L'affirmation avancée par les écoles publiques concernant « l'éducation classique » qu'elles dispensent semble être plus une évasion maladroite qu'autre chose ; elle est utilisée chaque fois que l'on s'interroge sur la compétence de l'élève. des écoles publiques pour transmettre la culture et éduquer. L'enseignement classique, en effet ! Cela semble si digne ! Cela confond l'agresseur et déjoue l'assaut – car qui pourrait voir le fond de cette formule déroutante d'un seul coup ? Et cela a longtemps été la stratégie habituelle de l'école publique : de quelque côté que vienne le cri de guerre, elle écrit sur son bouclier, non surchargé d'honneurs, un de ces mots d'ordre déroutants, tels que : « éducation classique », « éducation formelle ». « éducation », « éducation scientifique » : trois choses glorieuses qui sont pourtant malheureusement à couteaux tirés, non seulement entre elles mais entre elles, et qui, si elles étaient obligatoirement réunies, donneraient nécessairement naissance à un monstre culturel. Car une « éducation classique » est une chose si inouïe, difficile et rare, et un talent si compliqué, que seules l'ingénuité ou l'impudence pourraient la proposer comme un objectif réalisable dans nos écoles publiques. Les mots : « éducation formelle » appartiennent à cette sorte de phraséologie grossière et non philosophique dont il faut faire tout son possible pour se débarrasser ; car il n'existe pas « d'opposé à l'éducation formelle ». Et celui qui considère « l'éducation scientifique » comme l'objet d'une école publique sacrifie ainsi d'un seul coup « l'éducation classique » et ce qu'on appelle « l'éducation formelle », car l'homme scientifique et l'homme cultivé appartiennent à deux sphères différentes qui, bien que se réunissant parfois dans le même individu, ne se réconcilient jamais.

"Si nous comparons ces trois objectifs potentiels de l'école publique avec les faits réels que l'on observe dans la méthode actuelle d'enseignement de l'allemand, nous voyons immédiatement à quoi ils correspondent réellement dans la pratique, c'est-à-dire seulement à des subterfuges à utiliser dans la lutte et la lutte pour l'existence et, bien souvent, de simples moyens pour désorienter l'adversaire. Car nous ne pouvons déceler aucun trait dans cet enseignement de l'allemand qui rappelle en quoi que ce soit l'exemple de l'Antiquité classique et ses glorieuses Il a été démontré que « l'éducation formelle », qui est censée être obtenue par cette méthode d'enseignement de l'allemand, est entièrement au gré de la « personnalité libre », ce qui revient à dire qu'elle C'est la barbarie et l'anarchie. Et quant à la préparation scientifique, qui est une des conséquences de cet enseignement, nos germanistes auront à déterminer, en toute justice, combien peu ces savants débuts dans les écoles publiques ont contribué à la splendeur de leurs sciences. , et dans quelle mesure la personnalité de chaque professeur d'université l'a fait. — En bref : l'école publique a négligé jusqu'à présent son devoir le plus important et le plus urgent envers le tout début de toute culture réelle, qui est la langue maternelle ; mais ce faisant, il lui a manqué le sol naturel et fertile pour tous les efforts ultérieurs de culture. Car ce n'est qu'au moyen d'une discipline et d'une habitude sévères, artistiques et minutieuses, dans une langue, que le sentiment correct de la grandeur de nos écrivains classiques peut être renforcé. Jusqu'à présent, leur reconnaissance par les écoles publiques a été due presque uniquement aux passe-temps esthétiques douteux de quelques professeurs ou aux effets massifs de certaines de leurs tragédies et de leurs romans. Mais chacun doit être conscient des difficultés de la langue : il doit les avoir apprises par expérience : après de longues recherches et luttes, il doit atteindre le chemin parcouru par nos grands poètes pour pouvoir se rendre compte avec quelle légèreté et quelle beauté ils ont parcouru. et avec quelle raideur et fanfaronnade les autres les suivent sur leurs talons.

« Ce n'est qu'au moyen d'une telle discipline que le jeune homme pourra acquérir cette aversion physique pour « l'élégance » de style tant aimée et tant admirée de nos fabricants de journaux et de nos romanciers, et pour le « style orné » de nos hommes de lettres ; il s'élève irrévocablement d'un seul coup au-dessus d'une foule de questions et de scrupules absurdes, comme par exemple celui de savoir si Auerbach et Gutzkow sont réellement des poètes, car son dégoût pour l'un et l'autre sera si grand qu'il ne pourra plus les lire. et ainsi le problème sera résolu pour lui. Que personne ne s'imagine qu'il est facile de développer ce sentiment dans la mesure nécessaire pour éprouver cette haine physique ; mais que personne n'espère parvenir à des jugements esthétiques sains par une autre voie. que celle épineuse du langage, et par là je n'entends pas la recherche philologique, mais l'autodiscipline dans sa langue maternelle.

"Tous ceux qui s'intéressent sérieusement à cette question auront le même genre d'expérience que le recrue de l'armée qui est obligé d'apprendre à marcher après avoir marché presque toute sa vie en tant que dilettante ou empiriste. C'est une période difficile : on a presque peur que les tendons vont se briser et qu'on cesse d'espérer que les mouvements et positions artificiels et consciemment acquis des pieds s'effectueront un jour avec aisance et confort. Il est douloureux de voir avec quelle lourdeur et maladresse un pied est placé devant l'autre , et on redoute que non seulement on ne puisse pas apprendre la nouvelle façon de marcher, mais qu'on oublie du tout comment marcher. Alors il devient soudain évident qu'une nouvelle habitude et une seconde nature sont nées des mouvements pratiqués. , et que l'assurance et la force de l'ancienne manière de marcher reviennent avec un peu plus de grâce : à ce stade, on commence à comprendre ce qu'est la marche, et on se sent difficilement en mesure de rire de l'empiriste inexpérimenté ou de l'élégant dilettante. Nos écrivains « élégants », comme le montre leur style, n'ont jamais appris à « marcher » dans ce sens, et dans nos écoles publiques, comme le montrent nos autres écrivains, personne n'apprend non plus à marcher. Mais la culture commence par le mouvement correct de la langue :

et une fois qu'elle a bien commencé, elle devient cette sensation physique en présence d'écrivains « élégants » qu'on appelle « dégoût ».

« Nous reconnaissons les conséquences fatales de nos écoles publiques actuelles, en ce sens qu'elles sont incapables d'inculquer une culture sévère et authentique, qui devrait consister avant tout dans l'obéissance et l'habituation ; et que, au mieux, elles obtiennent bien plus souvent un résultat en stimulant et attiser les tendances scientifiques, est illustré par la main que l'on voit si souvent unir l'érudition et le goût barbare, la science et le journalisme. Dans une très grande majorité de cas, nous pouvons aujourd'hui constater à quel point nos savants ne répondent pas aux normes de culture qui les efforts de Goethe, Schiller, Lessing et Winckelmann l'ont établi ; et cet échec se manifeste précisément dans les erreurs flagrantes auxquelles les hommes dont nous parlons sont exposés, aussi bien parmi les historiens de la littérature – que ce soit Gervinus ou Julian Schmidt – que dans n'importe quelle autre société. partout , en effet, où hommes et femmes conversent. Cela se manifeste le plus fréquemment et le plus douloureusement, cependant, dans les domaines pédagogiques, dans la littérature des écoles publiques. On peut prouver que la seule valeur que ces hommes ont dans un véritable établissement d'enseignement a n'a pas été mentionnée, et encore moins généralement reconnue depuis un demi-siècle : leur valeur en tant que chefs préparatoires et mystogogues de la culture classique, guidés par les mains seules de qui peut être trouvé le bon chemin menant à l'Antiquité.

« Toute éducation dite classique ne peut avoir qu'un seul point de départ naturel : une familiarité artistique, sérieuse et exacte avec l'usage de la langue maternelle : ceci, avec le secret de la forme, cependant, on peut rarement atteindre son propre niveau. de son propre gré, presque tout le monde a besoin de ces grands dirigeants et tuteurs et doit se remettre entre leurs mains. Il n'existe cependant aucune éducation classique qui puisse se développer sans cet amour induit de la forme. Ici, où le pouvoir de discernement de la forme et la barbarie se réveille peu à peu, apparaissent les pignons qui nous portent vers le seul véritable foyer de la culture, la Grèce antique. Si, avec l'aide solitaire de ces pignons, nous cherchions à atteindre ces murs lointains et constellés de diamants qui encerclent la place forte de l'hellénisme, nous ne devrait certainement pas aller bien loin ; c'est pourquoi nous avons encore une fois besoin des mêmes dirigeants et des mêmes tuteurs, nos écrivains classiques allemands, pour que nous puissions nous aussi être portés par les coups d'ailes de leurs efforts passés vers le pays du désir. à la Grèce.

« Aucun soupçon de cette relation possible entre nos classiques et l'éducation classique ne semble avoir percé les murs antiques des écoles publiques. Les philologues semblent bien plus empressés à présenter Homère et Sophocle aux jeunes âmes de leurs élèves, dans leur propre style, appelant le résultat simplement par l'euphémisme incontesté : « éducation classique ». Que l'expérience de chacun lui dise ce qu'il a eu d'Homère et de Sophocle aux mains de professeurs si enthousiastes. C'est dans ce domaine que se produisent le plus grand nombre de tromperies les plus profondes, et d'où se propagent par inadvertance des malentendus. Dans les écoles publiques allemandes, je n'ai jamais On n'a pourtant pas trouvé trace de ce qu'on pourrait vraiment appeler « l'éducation classique », et cela n'a rien d'étonnant si l'on pense à la manière dont ces institutions se sont émancipées des écrivains classiques allemands et de la discipline de la langue allemande. Personne n'atteint l'Antiquité. au moyen d'un saut dans l'obscurité, et pourtant toute la méthode de traitement des écrivains anciens dans les écoles, les simples commentaires et paraphrases de nos professeurs de philologie, ne reviennent qu'à un saut dans l'obscurité.

« Le sentiment de l'hellénisme classique est, en fait, le résultat si exceptionnel de la lutte la plus énergique pour la culture et le talent artistique que l'école publique n'a pu prétendre avoir éveillé ce sentiment qu'à la suite d'un malentendu très grossier. "Dans une époque qui se laisse entraîner aveuglément par les désirs les plus sensationnels du moment, et qui ne se rend pas compte que, une fois éveillé ce sentiment hellénistique, il devient immédiatement agressif et doit s'exprimer en se livrant à une guerre incessante avec la soi-disant culture du présent. Pour l'écolier d'aujourd'hui, les Hellènes en tant qu'Hellènes sont morts : oui, il tire un certain plaisir d'Homère, mais un roman de Spielhagen l'intéresse bien plus : oui, il il avale avec un certain délectation la tragédie et la comédie grecques, mais un drame tout à fait moderne, comme les "Journalistes" de Freitag, l'émeut d'une toute autre manière. À l'égard de tous les auteurs anciens, il est plutôt enclin à parler à la manière de l'esthète Hermann Grimm. , qui, un jour, à la fin d'un essai tortueux sur la Vénus de Milo, se demande : « Que signifie pour moi la forme de cette déesse ? A quoi servent les pensées qu'elle me suggère ? Oreste et Œdipe, Iphigénie et Antigone, qu'ont-ils de commun avec mon cœur ? » - Non, mon cher écolier, la Vénus de Milo ne vous regarde en rien, et concerne tout aussi peu votre professeur - et c'est bien cela. le malheur, voilà le secret de l'école publique moderne. Qui vous conduira au pays de la culture, si vos dirigeants sont aveugles et assument malgré tout la position de voyants ? Lequel d'entre vous parviendra jamais à un véritable sentiment du sérieux sacré de l'art, s'il est systématiquement gâté et s'il lui apprend à bégayer de manière indépendante au lieu de lui apprendre à parler ; à esthétiser pour son propre compte, alors qu'il faudrait vous apprendre à aborder presque pieusement les œuvres d'art ; à la philosophie sans assistance, alors qu'il faut être obligé d' *écouter* les grands penseurs. Tout cela avec pour résultat que vous restez éternellement à distance de l'Antiquité et devenez les serviteurs du jour.

"En tout cas, le trait le plus salutaire de nos institutions modernes réside dans le sérieux avec lequel les langues latine et grecque sont étudiées pendant de longues années. Les garçons apprennent ainsi à respecter une grammaire, des lexiques, et une langue conforme à des règles fixes ; dans ce domaine de l'école publique, on sait exactement ce qui constitue une faute, et personne n'est gêné par la pensée de se justifier à chaque minute en faisant appel (comme dans le cas de l'allemand moderne).) aux divers aléas grammaticaux et orthographiques et aux formes vicieuses. Si seulement ce respect de la langue ne restait ainsi en suspens, comme un fardeau théorique dont on se plaît à se débarrasser dès qu'on se tourne vers sa langue maternelle ! Le plus souvent , le maître classique ne fait qu'une bouchée de la langue maternelle ; il la traite d'emblée comme un domaine de connaissance où l'on a droit à cette aisance paresseuse avec laquelle l'Allemand traite tout ce qui appartient à son sol natal. La splendide pratique offerte par la traduction d'une langue dans une autre, qui améliore et féconde ainsi le sentiment artistique de l'individu pour sa propre langue, n'est, dans le cas de l'allemand, jamais menée avec la rigueur catégorique et la dignité qui seraient avant tout nécessaires dans le traitement avec un langage indiscipliné. Ces derniers temps, les exercices de ce genre ont tendance à diminuer de plus en plus : les gens se contentent de *connaître* les langues classiques étrangères, ils mépriseraient de pouvoir les *appliquer* .

« On a ici un autre aperçu de la tendance savante des écoles publiques : phénomène qui jette beaucoup de lumière sur l'objet qui les animait autrefois, c'est-à-dire le désir sérieux de cultiver l'élève. Cela appartenait au temps de notre grand poètes, ces quelques Allemands vraiment cultivés, — l'époque où le magnifique Friedrich August Wolf dirigeait le nouveau courant de la pensée classique, introduit de Grèce et de Rome par ces hommes, au sein des écoles publiques. Un ordre d'écoles publiques fut créé, qui ne devaient plus alors être simplement une pépinière de sciences, mais, avant tout, le véritable foyer consacré de toute culture supérieure et noble.

« Parmi les nombreuses mesures nécessaires que ce changement a suscitées, quelques-unes des plus importantes ont été transférées avec un succès durable aux règlements modernes des écoles publiques : la plus importante de toutes, cependant, n'a pas réussi : celle qui exigeait que l'enseignant Il convient également de se consacrer à l'esprit nouveau, de sorte que le but de l'école publique s'est entre-temps considérablement écarté du plan initial établi par Wolf, qui était la culture de l'élève. un absolu que Wolf a surmonté semble plutôt, après une lutte lente et sans esprit, avoir remplacé le principe culturel d'introduction plus récente, et revendique maintenant ses anciens droits exclusifs, bien que non avec la même franchise, mais déguisé et avec des traits Et la raison pour laquelle il était impossible de faire adhérer les écoles publiques au magnifique plan de la culture classique réside dans le caractère antiallemand, presque étranger ou cosmopolite de ces efforts en faveur de l'éducation : dans la conviction qu'il était possible enlever la terre natale sous les pieds d'un homme et qu'il reste debout ; dans l'illusion que l'on peut sauter directement, sans ponts, dans l'étrange monde hellénique, en abjurant l'allemand et l'esprit allemand en général.

« Bien sûr, il faut savoir retrouver cet esprit germanique jusqu'à son antre sous ses multiples habillages modernes, ou même sous ses amas de ruines ; il faut l'aimer pour qu'on n'en ait pas honte sous sa forme rabougrie, et il faut surtout Il faut se garder de la confondre avec ce qui s'affiche aujourd'hui fièrement sous le nom de « culture allemande actuelle ». L'esprit allemand est très loin d'être en bons termes avec cette culture actuelle : et précisément dans les domaines où celle-ci se plaint d'un manque de culture, le véritable esprit allemand a survécu, bien que peut-être pas toujours avec une grâce, mais D'un autre côté, ce qui prend aujourd'hui avec grandiloquent le titre de « culture allemande » est une sorte d'ensemble cosmopolite, qui entretient avec l'esprit allemand le même rapport que le journalisme avec Schiller ou Meyerbeer avec Beethoven : Ici, l'influence la plus forte à l'œuvre est la civilisation fondamentalement et totalement anti-allemande de la France, qui n'est imitée ni avec talent ni avec goût, et dont l'imitation donne à la société, à la presse, à l'art et au style littéraire de l'Allemagne le leur. Naturellement, la copie ne produit nulle part l'effet artistique réel que l'original, sorti du cœur de la civilisation romaine, est capable de produire presque encore aujourd'hui en France. Que quiconque veut voir toute la force de ce contraste compare nos romanciers les plus remarquables avec les moins remarquables de France ou d'Italie : il reconnaîtra dans l'un et l'autre les mêmes tendances et buts douteux, ainsi que les mêmes moyens encore plus douteux, mais en France il les trouvera doublés d'un sérieux artistique, du moins avec pureté grammaticale, et souvent avec beauté, tandis que dans chacun de leurs traits il reconnaîtra l'écho d'une culture sociale correspondante. En Allemagne, en revanche, ils lui sembleront sans originalité, flasques, pleins de pensées et d'expressions en robe de chambre, désagréablement étalés et n'ayant par conséquent aucun arrière-plan de forme sociale. du savoir, on lui rappellera que dans les pays latins c'est l'homme formé artistiquement, et qu'en Allemagne c'est l'érudit avorté qui devient journaliste. Avec cette culture prétendument allemande et tout à fait peu originale, l'Allemand ne peut nulle part compter sur la victoire : le Français et l'Italien l'emporteront toujours sur lui à cet égard, tandis qu'en matière d'imitation savante d'une culture étrangère, le Russe , surtout, sera toujours son supérieur.

"Nous sommes donc d'autant plus désireux de nous accrocher à cet esprit allemand qui s'est révélé dans la Réforme allemande et dans la musique allemande, et qui a montré sa force durable et authentique dans l'énorme courage et la sévérité de la philosophie allemande et dans la loyauté du soldat allemand, qui a été testée tout récemment. Nous en attendons une victoire sur cette pseudo-culture « actuelle » qui est actuellement à la mode. Ce que nous devons espérer pour l'avenir, c'est que les écoles puissent tirer le véritable l'école de culture dans cette lutte et allumer la flamme de l'enthousiasme de la jeune génération, en particulier dans les écoles publiques, pour ce qui est vraiment allemand ; et ainsi l'éducation dite classique reprendra sa place naturelle et retrouvera sa place possible. point de départ.

"Une réforme et une purification en profondeur de l'école publique ne peuvent être que le résultat d'une réforme et d'une purification profondes et puissantes de l'esprit allemand. C'est une tâche très complexe et difficile que de trouver la frontière qui relie le cœur de l'esprit germanique. Mais pas avant que les besoins les plus nobles du véritable génie allemand ne s'emparent de ce génie grec comme d'un poste ferme dans le torrent de la barbarie, pas avant qu'un désir dévorant pour ce génie grec ne s'empare de lui. du génie allemand, et pas avant que cette vision du foyer grec, dont Schiller et Goethe, après d'énormes efforts, ont pu se régaler, soit devenue la Mecque des hommes les meilleurs et les plus doués, sera le but de l'éducation classique en les écoles publiques acquièrent une quelconque définition ; et ils ne seront pas du moins à blâmer pour ceux qui enseignent si peu de science et d'instruction dans les écoles publiques, afin de maintenir à leurs yeux un but précis et en même temps idéal, et de sauver leurs élèves de la ce fantôme scintillant qui se permet désormais d'être appelé « culture » et « éducation ». C'est là le triste sort de l'école publique d'aujourd'hui : les vues les plus étroites restent dans une certaine mesure justes, parce que personne ne semble pouvoir atteindre ou, du moins, indiquer le point où toutes ces vues culminent dans l'erreur.

"Personne?" » demanda l'élève du philosophe avec un léger tremblement dans la voix ; et les deux hommes se turent.

NOTES DE BAS DE PAGE :

[3] Il n'est pas possible de traduire ces solécismes allemands par des exemples similaires de solécismes anglais. Le lecteur intéressé par le sujet trouvera de nombreux éléments dans un livre comme Oxford *King's English* .

[4] Allemand : *éducation formelle.*

[5] Allemand : *Éducation matérielle.*

TROISIÈME CONFÉRENCE.

(*Livré le 27 février 1872.*)

Mesdames et Messieurs,—A la fin de ma dernière conférence, la conversation que j'écoutais et dont j'essaie maintenant de vous exposer les grandes lignes, si je me souviens bien, a été interrompue par un long et solennel discours. Casser. Le philosophe et son compagnon restaient silencieux, plongés dans un profond découragement : l'état particulièrement critique de cette importante institution éducative qu'est l'école publique allemande, pesait sur leurs âmes comme un lourd fardeau qu'un seul individu bien intentionné ne suffirait pas à supporter. à éliminer, et la multitude, bien que forte, n'est pas assez bien intentionnée.

Nos penseurs solitaires ont été perturbés par deux faits : en s'apercevant clairement, d'une part, que ce qu'on pourrait à juste titre appeler « l'éducation classique » n'était plus qu'un idéal lointain, un château en l'air, qui ne pouvait en aucun cas être construit comme une réalité. sur les fondements de notre système éducatif actuel, et que, d'autre part, ce qui était maintenant, avec un euphémisme habituel et sans opposition, qualifié d'« éducation classique » ne pouvait revendiquer que la valeur d'une illusion prétentieuse, dont le meilleur effet était que l'expression « éducation classique » perdure toujours et n'a pas encore perdu son caractère pathétique. Ces deux braves hommes ont bien vu, par le système d'enseignement en vogue, que le temps n'était pas encore mûr pour une culture supérieure, une culture fondée sur celle des anciens : l'état négligé de l'enseignement linguistique ; le fait de forcer les étudiants à suivre des voies historiques apprises, au lieu de leur donner une formation pratique ; le lien de certaines pratiques, encouragées dans les écoles publiques, avec l'esprit répréhensible de notre publicité journalistique, tous ces phénomènes facilement perceptibles de l'enseignement de l'allemand conduisaient à la pénible certitude que la plus bénéfique de ces forces qui nous sont parvenues de l'antiquité classique n'est pas encore connue dans nos écoles publiques : forces qui formeraient les étudiants à la lutte contre la barbarie du siècle présent, et qui transformeraient peut-être une fois de plus les écoles publiques en arsenaux et ateliers de cette lutte.

D'un autre côté, il semblerait entre-temps que l'esprit de l'Antiquité, dans ses principes fondamentaux, ait déjà été chassé des portes des écoles publiques, et que, ici aussi, les portes soient grandes ouvertes. au type flatté et choyé de notre soi-disant « culture allemande » actuelle. Et si les bavards solitaires entrevoyaient une seule lueur d'espoir, c'était que les choses allaient encore empirer, que ce qui n'était encore deviné que par quelques-uns serait bientôt clairement perçu par le plus grand nombre, et qu'alors le moment serait venu.

car des hommes honnêtes et résolus ne seraient pas loin de réfléchir sérieusement à la portée de l'éducation des masses.

Après quelques minutes de réflexion silencieuse, le compagnon du philosophe se tourna vers lui et lui dit : « Tu m'avais donné des espoirs, mais maintenant tu as fait plus : tu as élargi mon intelligence, et avec elle ma force et mon courage : maintenant en effet. Puis-je regarder le champ de bataille avec plus de hardiesse, maintenant je me repens en effet de ma fuite trop précipitée. Nous ne voulons rien pour nous-mêmes, et il ne nous importe pas combien d'individus peuvent tomber dans cette bataille, ou si nous pouvons nous-mêmes être parmi les premiers. C'est parce que nous prenons cette question très au sérieux que nous ne devrions pas prendre autant au sérieux nos propres pauvres : au moment même où nous tombons, quelqu'un d'autre saisira l'étendard de notre foi. Je ne me demanderai même pas si je suis assez fort pour un pareil combat, si je puis offrir une résistance suffisante ; ce peut même être une mort honorable que de tomber au milieu des rires moqueurs de tels ennemis, dont le sérieux nous a souvent paru quelque chose de ridicule. comment mes contemporains se préparaient aux postes les plus élevés de la profession scolaire, comme je l'ai fait moi-même, alors je sais combien nous avons souvent ri du contraire et avons pris au sérieux quelque chose de tout à fait différent...

"Maintenant, mon ami," interrompit le philosophe en riant, "vous avez parlé comme quelqu'un qui voudrait plonger dans l'eau sans savoir nager, et qui craint quelque chose encore plus que la simple noyade; non pas d'être noyé, mais de *rire* . Mais se moquer de nous devrait être la dernière chose à redouter ; car nous sommes dans un domaine où il y a trop de vérités à dire, trop de vérités formidables, douloureuses, impardonnables, pour que nous puissions échapper à la haine, et seulement à la fureur ici et là. cela donnera lieu à une sorte de rire embarrassé. Il suffit de penser à la foule innombrable d'instituteurs qui, en toute bonne foi, se sont assimilés au système d'éducation qui a prévalu jusqu'à présent, pour pouvoir apprendre avec joie et sans excès. Que pensez-vous que ces hommes penseront lorsqu'ils entendront parler de projets dont ils sont exclus *beneficio naturæ* , de commandements que leurs capacités médiocres sont totalement incapables d'exécuter, d'espoirs qui ne trouvent aucun écho dans eux ; de batailles dont ils ne comprennent pas les cris de guerre, et aux combats auxquels ils ne peuvent prendre part qu'en tant que simples soldats ennuyeux et obtus ? Mais, sans exagération, telle doit nécessairement être la position de pratiquement tous les professeurs de nos établissements d'enseignement supérieur : et en effet, on ne peut pas s'étonner de cela quand on considère comment un tel professeur naît, comment il devient un professeur d'un statut aussi *élevé* . Il existe aujourd'hui partout un si grand nombre d'établissements d'enseignement supérieur qu'il faudra encore pour les former bien plus d'enseignants que la nature même d'un peuple très doué ne peut en produire ; et ainsi un flot démesuré d'indésirables afflue dans ces institutions, qui cependant, par leur nombre prépondérant et leur instinct de « similis simile gaudet », en viennent peu à peu à déterminer la nature de ces institutions. Il y a peut-être quelques personnes, désespérément peu familiarisées avec les questions pédagogiques, qui croient que notre profusion actuelle d'écoles publiques et d'enseignants, qui est manifestement disproportionnée, peut être transformée en une véritable profusion, en une ubertas ingenii, simplement par quelques *règles* . et des réglementations, et sans aucune réduction du nombre de ces institutions. Mais nous pouvons sans doute être unanimes pour reconnaître que, de par la nature même des choses, seul un très petit nombre de personnes sont destinées à un véritable programme d'éducation et qu'un nombre beaucoup plus restreint d'établissements d'enseignement supérieur suffiraient à leur développement ultérieur, mais que Étant donné le grand nombre actuel d'établissements d'enseignement, ceux pour lesquels de tels établissements ne devraient être créés en général que doivent se sentir les moins facilités dans leur progrès.

"Il en va de même en ce qui concerne les enseignants. Ce sont précisément les meilleurs enseignants - ceux qui, d'une manière générale, jugés selon des critères élevés, sont dignes de ce nom honorable - qui sont peut-être maintenant les moins aptes, compte tenu de la situation actuelle. de nos écoles publiques, pour l'éducation de ces jeunes non sélectionnés, entassés en un tas confus ; mais qui doivent plutôt, dans une certaine mesure, leur cacher le meilleur qu'ils pouvaient donner : et, d'autre part, de loin le Un plus grand nombre de ces enseignants se sentent tout à fait à l'aise dans ces institutions, car leurs capacités modérées entretiennent une sorte de rapport harmonieux avec l'ennui de leurs élèves. C'est de cette majorité que l'on entend l'appel toujours retentissant à la création de nouvelles écoles. écoles publiques et établissements d'enseignement supérieur : nous vivons dans une époque qui, en luttant contre les changements sur son cri assourdissant et continu, donnerait certainement l'impression qu'il existe une soif de culture sans précédent qui cherche avidement à s'étancher. Mais c'est justement ici qu'il faut apprendre à bien entendre : c'est ici, sans se laisser déconcerter par le bruit tonitruant des marchands d'éducation, qu'il faut se confronter à ceux qui parlent si inlassablement des nécessités éducatives de leur temps. Nous serions alors confrontés à une étrange désillusion, une désillusion que nous, mon cher ami, avons souvent rencontrée : ces hérauts flagrants des besoins éducatifs, lorsqu'on les examine de près, se transforment soudain en zélés, oui, fanatiques adversaires de la véritable la culture, *c'est-à-dire* tous ceux qui s'accrochent à la nature arisratique de l'esprit ; car, au fond, ils considèrent comme leur objectif l'émancipation des masses de la domination d'un petit nombre ; ils cherchent à renverser la hiérarchie la plus sacrée du royaume de l'intellect : la servitude des masses, leur obéissance soumise, leur instinct de loyauté envers la domination du génie.

« Je me suis habitué depuis longtemps à considérer avec prudence ceux qui sont ardents dans la cause de ce qu'on appelle « l'éducation du peuple », au sens courant de l'expression ; car pour la plupart ils désirent pour eux-mêmes, consciemment ou inconsciemment , liberté absolument illimitée, qui doit inévitablement dégénérer en quelque chose qui ressemble aux saturnales des temps barbares, et que la hiérarchie sacrée de la nature ne leur accordera jamais. Ils sont nés pour servir et pour obéir ; et à chaque instant où leur boiterie, leur rampement ou leur bris "Les pensées venteuses sont à l'œuvre nous montrent clairement à partir de quelle argile la nature les a façonnés et quelle marque de commerce elle y a gravée. L'éducation des masses ne peut donc pas être notre objectif, mais plutôt l'éducation de quelques hommes choisis pour de grandes et Nous savons bien qu'une postérité juste ne juge de l'état intellectuel collectif d'une époque que par ces quelques grandes figures solitaires de l'époque, et se prononce en fonction de la manière dont elles sont reconnues, encouragées et honorées. ou, au contraire, où ils sont snobés, bousculés et maintenus au sol. Ce qu'on appelle « l'éducation des masses » ne peut se réaliser qu'avec difficulté ; et même si l'on applique un système d'enseignement obligatoire universel, ils ne peuvent être atteints que de l'extérieur : ces niveaux individuels inférieurs où, d'une manière générale, les masses entrent en contact avec la culture, où le peuple nourrit son instinct religieux, où il poétise ses images mythologiques. , où il maintient sa foi dans ses coutumes, ses privilèges, son terroir et sa langue, tous ces niveaux ne peuvent guère être atteints par des moyens directs, et en tout cas uniquement par une démolition violente. Et, dans des affaires graves de ce genre, hâter les progrès de l'éducation du peuple signifie simplement ajourner cette violente démolition et maintenir cette saine inconscience, ce sommeil profond du peuple, sans lesquels une contre-action et aucune culture, avec la tension épuisante et l'excitation de ses propres actions, ne peut faire de progrès.

"Nous savons cependant quelles sont les aspirations de ceux qui veulent troubler le sommeil sain du peuple et lui crient continuellement : 'Gardez les yeux ouverts ! Soyez sensibles ! Soyez sages !' nous connaissons le but de ceux qui prétendent satisfaire des exigences éducatives excessives au moyen d'une augmentation extraordinaire du nombre des établissements d'enseignement et de la tribu imaginaire des enseignants qui en est née. Ces mêmes gens, par ces mêmes moyens, luttent contre la hiérarchie naturelle dans le domaine de l'intellect, et détruire les racines de toutes ces forces plastiques nobles et sublimes qui ont leur origine matérielle dans l'inconscient des gens et qui, par conséquent, aboutissent à la procréation du génie, à sa direction et à sa formation appropriée. c'est dans l'image de la mère que l'on peut saisir le sens et la responsabilité de la véritable éducation du peuple à l'égard du génie : sa véritable origine ne se trouve pas dans une telle éducation ; elle n'a, pour ainsi dire, qu'une source métaphysique. , une maison métaphysique. Mais pour que le génie fasse son apparition, pour qu'il émerge du milieu du peuple, pour peindre l'image réfléchie, pour ainsi dire, l'éclat éblouissant des couleurs particulières de ce peuple ; peindre la noble destinée d'un peuple à l'image d'un individu dans une œuvre qui durera pour toujours, rendant ainsi sa nation elle-même éternelle et la rachetant de l'élément toujours changeant des choses passagères : tout cela est possible pour le le génie seulement lorsqu'il a été élevé et mûri dans le tendre soin de la culture d'un peuple ; tandis que, d'un autre côté, sans ce refuge, le génie ne pourra généralement pas s'élever à la hauteur de son vol éternel, mais, de bonne heure, comme un étranger poussé par le temps sur une neige morne et enneigée. -désert couvert, éloignez-vous de la terre inhospitalière.

« Vous m'étonnez par une telle métaphysique du génie, dit le compagnon du professeur, et je n'ai qu'une conception floue de l'exactitude de votre similitude. En revanche, je comprends parfaitement ce que vous avez dit sur le surplus des écoles publiques. et l'excédent correspondant d'enseignants de niveau supérieur ; et à cet égard, j'ai moi-même recueilli des informations qui m'assurent que la tendance éducative de l'école publique doit se redresser *par* cet excédent même d'enseignants qui n'ont en réalité rien à voir avec l'éducation. et qui sont appelés à l'existence et poursuivent cette voie uniquement parce qu'il y a une demande pour eux. Tout homme qui, dans un moment inattendu d'illumination, s'est convaincu de la singularité et de l'inaccessibilité de l'antiquité hellénique et a conjuré cette conviction après un lutte épuisante - chacun de ces hommes sait que la porte menant à ces lumières ne restera jamais ouverte à tous ; et il juge absurde, voire honteux, d'utiliser les Grecs comme il le ferait de tout autre outil qu'il emploie pour exercer sa profession ou gagner sa vie. vivant, fouillant sans vergogne avec des mains grossières parmi les reliques de ces saints hommes. Ce sentiment effronté et vulgaire est cependant plus répandu dans la profession dont sont issus le plus grand nombre d'enseignants des écoles publiques, la profession philologique, c'est pourquoi la reproduction et la continuation d'un tel sentiment dans l'école publique ne nous surprendront pas.

"Il suffit de regarder la jeune génération de philologues : comme nous voyons rarement chez eux ce sentiment humble que nous, comparés à un monde tel qu'il était, n'avons aucun droit d'exister : avec quelle froideur et sans peur, comparés à nous, cette jeune couvée a-t-elle construit ses misérables nids au milieu des temples magnifiques ! Une voix puissante de tous les coins et recoins devrait résonner aux oreilles de ceux qui, dès le jour de leur liaison avec l'Université, errent à volonté avec eux-mêmes. - complaisance et impudeur parmi les reliques impressionnantes de cette noble civilisation : «

Ainsi donc, vous non-initiés, qui ne serez jamais initiés, envolez-vous dans le silence et la honte de ces chambres sacrées ! Mais cette voix parle en vain ; car il faut être un peu Grec pour comprendre une malédiction grecque d'excommunication. Mais ces gens dont je parle sont si barbares qu'ils disposent de ces reliques à leur guise : toutes leurs commodités et fantaisies modernes. sont apportés avec eux et cachés parmi ces anciens piliers et ces pierres tombales, et cela suscite une grande joie lorsque quelqu'un trouve, parmi la poussière et les toiles d'araignées de l'antiquité, quelque chose qu'il y avait lui-même sournoisement caché il n'y a pas si longtemps. vers et prend soin de consulter le Lexique d'Hésychius. Quelque chose là l'assure aussitôt qu'il est destiné à être un imitateur d'Eschyle, et lui fait croire, en effet, qu'il « a quelque chose de commun avec » Eschyle : le misérable poète ! un autre scrute avec l'œil soupçonneux d'un policier toutes les contradictions, même l'ombre de toutes les contradictions dont Homère s'est rendu coupable : il gaspille sa vie en déchirant en lambeaux et en les recousant des haillons homériques dont lui-même était le premier à subtiliser la robe royale du poète. Un troisième se sent mal à l'aise lorsqu'il examine tous les côtés mystérieux et orgiaques de l'Antiquité : il se décide une fois pour toutes à laisser passer seul sans contestation l'Apollon éclairé, et à voir dans l'Athénien un personnage gai et intelligent, mais néanmoins quelque peu immoral. Apollonien. Quelle profonde inspiration lorsqu'il réussit à élever encore un autre coin sombre de l'Antiquité à la hauteur de sa propre intelligence ! — quand, par exemple, il découvre en Pythagore un collègue aussi enthousiaste que lui pour discuter de politique. Un autre se creuse la tête pour savoir pourquoi Œdipe a été condamné par le destin à commettre des actes aussi abominables : tuer son père, épouser sa mère. Où est la faute ! Où est la justice poétique ! Soudain, il se rend compte : Œdipe était un homme passionné, dépourvu de toute douceur chrétienne ; il tomba même dans une colère inconvenante lorsque Tirésias le traita de monstre et de malédiction de tout le pays. Soyez humble et doux ! ce que Sophocle a essayé d'enseigner, sinon vous devrez épouser vos mères et tuer vos pères ! D'autres encore passent leur vie à compter le nombre de vers écrits par les poètes grecs et romains, et se réjouissent des proportions 7:13 = 14:26. Enfin, l'un d'eux avance sa solution d'une question, comme les poèmes homériques considérés au point de vue des prépositions, et croit avoir tiré la vérité du fond du puits avec ἀ νά et κατά . Mais tous, ayant en vue les buts les plus différents, creusent et s'enfouissent dans le sol grec avec une inquiétude et une maladresse maladroite qui doivent sûrement être douloureuses pour un véritable ami de l'antiquité : et c'est ainsi que j'aimerais prendre par la main tout homme de talent ou sans talent, qui sent une certaine inclination professionnelle le poussant à l'étude de l'antiquité, et le haranguer ainsi : « Jeune monsieur, savez-vous quels périls vous menacent, avec votre peu de savoir scolaire ? , avant de devenir un homme au sens plein du terme ? Avez-vous entendu dire que, selon Aristote, être tué par une statue n'est en aucun cas une mort tragique ? Cela vous surprend ? Sachez donc que depuis des siècles les philologues ont tenté, avec des forces toujours défaillantes, de relever la statue déchue de l'antiquité grecque, mais sans succès ; car c'est un colosse autour duquel des hommes isolés rampent comme des pygmées. L'influence des représentants unis de la culture moderne est utilisée à cette fin ; mais il arrive invariablement que l'énorme colonne est à peine soulevée du sol qu'elle retombe, écrasant sous son poids les malheureux qui se trouvent sous elle. Cela peut cependant être toléré, car tout être doit périr d'une manière ou d'une autre ; mais qui est là pour garantir que lors de toutes ces tentatives la statue elle-même ne se brisera pas en morceaux ! Les philologues sont écrasés par les Grecs — peut-être pouvons-nous le supporter — mais l'Antiquité elle-même menace d'être écrasée par ces philologues ! Réfléchissez à cela, jeune homme facile à vivre ; et retournez-vous, lisez que vous aussi ne devriez pas être un iconoclaste !'"

"En effet", dit le philosophe en riant, "il y a beaucoup de philologues qui ont fait demi-tour comme vous le désirez tant, et je remarque un grand contraste avec ma propre expérience de jeunesse. Consciemment ou inconsciemment, un grand nombre d'entre eux ont conclu que c'était Il est inutile et inutile pour eux d'entrer en contact direct avec l'Antiquité classique, c'est pourquoi ils sont enclins à considérer cette étude comme stérile, dépassée, dépassée. Ce troupeau s'est tourné avec beaucoup plus d'enthousiasme vers la science du langage : ici en cette vaste étendue de terre vierge, où même les dons les plus médiocres peuvent être mis à profit, et où une sorte de fadeur et d'ennui est même considérée comme un talent décidé, avec la nouveauté et l'incertitude des méthodes et le danger constant de commettre des erreurs fantastiques - ici, où la routine régimentaire et la discipline ennuyeuses sont desiderata - ici le nouveau venu n'est plus effrayé par la voix majestueuse et avertissante qui s'élève des ruines de l'antiquité : ici tout le monde est accueilli à bras ouverts, y compris celui qui n'est jamais arrivé à aucun endroit. impression rare ou pensée remarquable après la lecture de Sophocle et d'Aristophane, avec pour résultat qu'ils finissent dans un enchevêtrement étymologique, ou sont séduits par la collecte de fragments de dialectes éloignés - et leur temps est passé à associer et à dissocier , collectant et dispersant, et courant çà et là pour consulter des livres. Et un philologue aussi utilement employé serait désormais facilement un enseignant ! Il entreprend maintenant d'enseigner aux jeunes des écoles publiques quelque chose sur les écrivains anciens, bien que lui-même les ait lus sans impression particulière, encore moins avec perspicacité ! Quel dilemme ! L'Antiquité ne lui a rien dit, par conséquent il n'a rien à dire sur l'Antiquité. Une pensée soudaine lui vient : pourquoi est-il un philologue talentueux ! Pourquoi ces auteurs ont-ils écrit du latin et du grec ! Et le cœur léger, il se met aussitôt à étymologiser avec Homère, appelant à son secours le lituanien ou le slave ecclésiastique, ou surtout le sanskrit sacré : comme si les leçons de grec n'étaient que le prétexte pour une introduction générale à l'étude des langues, et comme s'il ne manquait à Homère qu'un seul aspect, à savoir qu'il ne soit pas écrit en pré-indo-européen. Quiconque connaît nos écoles publiques actuelles sait bien quel abîme sépare leurs professeurs du classicisme, et comment, du sentiment de ce besoin, la philologie comparée et les professions connexes ont augmenté leur nombre à un degré si inouï.

« Ce que je veux dire, dit l'autre, cela dépendrait de savoir si un professeur de culture classique ne confondrait *pas* ses Grecs et ses Romains avec les autres peuples, les barbares, s'il ne pourrait *jamais* mettre le grec et le latin *sur le même plan que* les autres . langues : en ce qui concerne son classicisme, il est indifférent que la structure de ces langues concorde ou soit en quelque sorte liée aux autres langues : une telle concurrence ne l'intéresse pas du tout ; sa véritable préoccupation C'est à *ce qui n'est pas commun aux deux* , à ce qui lui montre que ces deux peuples n'étaient pas barbares par rapport aux autres, dans la mesure, bien entendu, où il est un véritable maître de culture et se modèle sur les modèles majestueux de l'humanité. des classiques."

"Je me trompe peut-être", a déclaré le philosophe, "mais je soupçonne qu'en raison de la manière dont le latin et le grec sont maintenant enseignés dans les écoles, la compréhension précise de ces langues, la capacité de les parler et de les écrire avec aisance, est perdu, et c'est quelque chose dans lequel ma propre génération s'est distinguée, une génération en effet dont les rares survivants ont vieilli à cette époque; tandis que, d'un autre côté, les professeurs actuels semblent impressionner leurs élèves avec l'importance génétique et historique à tel point que, dans le meilleur des cas, leurs savants finissent par se transformer en petits sanskritistes, en cracheurs d'étymologie ou en conjectureurs téméraires ; mais aucun d'entre eux ne peut lire son Platon ou son Tacite avec plaisir, comme nous, les vieux. peuvent encore être des lieux de savoir : non pas cependant du *savoir* qui n'est, pour ainsi dire, que l'auxiliaire naturel et involontaire d'une culture dirigée vers les fins les plus nobles ; mais bien plutôt de cette culture qu'on pourrait comparer au gonflement hypertrophique d'un corps malsain. Les écoles publiques sont certainement le siège de cette obésité, si toutefois elles n'ont pas dégénéré en demeures de cette élégante barbarie dont on se vante comme étant la « culture allemande du présent ! »

"Mais", demandait l'autre, "que va-t-il advenir de ce grand corps d'enseignants qui n'ont pas été dotés d'un véritable don pour la culture et qui se sont installés comme enseignants uniquement pour gagner leur vie grâce à leur profession, car il existe un Exigez-les, parce qu'un excès d'écoles entraîne un excès d'enseignants ? Où iront-ils quand l'ancien leur ordonne péremptoirement de se retirer ? Ne doivent-ils pas être sacrifiés à ces puissances du présent qui, jour après jour, les appellent. des colonnes interminables de la presse "Nous sommes la culture ! Nous sommes l'éducation ! Nous sommes au zénith ! Nous sommes les sommets des pyramides ! Nous sommes les buts de l'histoire universelle !" - quand ils entendent les promesses séduisantes, quand les signes honteux de la non-culture, la publicité plébéienne des soi-disant « intérêts de la culture » sont vantés à leur profit dans les magazines et les journaux comme une forme de culture entièrement nouvelle et la meilleure possible, pleinement développée ! les gens s'enfuient lorsqu'ils pressentent que ces promesses ne sont pas vraies - où que ce soit, sinon dans la scientificité la plus obtuse et la plus stérile, qu'ici le cri de la culture ne leur soit plus audible ? Ainsi poursuivis, ne doivent-ils pas finir, comme l'autruche, par s'enfouir la tête dans le sable ? N'est-ce pas un vrai bonheur pour eux, enfouis comme ils le sont parmi les dialectes, les étymologies et les conjectures, de mener une vie comme celle des fourmis, même s'ils sont à des kilomètres de la vraie culture, pour peu qu'ils puissent bien fermer leurs oreilles et être sourd à la voix de la culture « élégante » de l'époque. »

« Vous avez raison, mon ami, dit le philosophe, mais d'où vient la nécessité urgente d'un surplus d'écoles pour la culture, qui engendre en outre la nécessité d'un surplus d'enseignants ? car un excédent naît d'un domaine hostile à la culture, et que les conséquences de cet excédent ne conduisent qu'à la non-culture. En effet, nous ne pouvons discuter de cette impérieuse nécessité que dans la mesure où l'État moderne est disposé à discuter de ces choses avec nous, et est prêt à donner suite à ses exigences par la force : ce phénomène produit certainement sur la plupart des gens la même impression que s'ils étaient adressés par la loi éternelle des choses. Pour le reste, une « culture-État », pour reprendre l'expression actuelle L'expression qui pose de telles exigences est plutôt nouvelle et n'est parvenue à une « compréhension d'elle-même » qu'au cours du dernier demi-siècle, c'est-à-dire à *une* époque où (pour reprendre le mot populaire préféré) tant de choses « se compreniaent d'elles-mêmes » ont vu le jour, mais qui ne sont pas du tout « compris » en eux-mêmes. Ce droit à l'enseignement supérieur a été pris si au sérieux par le plus puissant des États modernes – la Prusse – que le principe répréhensible qu'il a adopté, pris en relation avec l'audace et la hardiesse bien connues de cet État semblent avoir une conséquence menaçante et dangereuse pour le véritable esprit allemand ; car nous voyons des efforts être faits dans ce quartier pour élever l'école publique, formellement systématisée, jusqu'au soi-disant « niveau de l'époque ». C'est là que se trouve tout le mécanisme par lequel le plus grand nombre possible de savants sont incités à suivre des cours de formation dans les écoles publiques : c'est là, en effet, que l'État a son incitation la plus puissante : l'octroi de certains privilèges concernant le service militaire. avec la conséquence naturelle que, selon le témoignage impartial des statisticiens, par cela, et par cela seulement, nous pouvons expliquer l'encombrement universel de toutes les écoles publiques prussiennes et le besoin urgent et continu d'en créer de nouvelles. Que peut faire de plus l'État pour un excédent d'établissements d'enseignement, sinon de rapprocher étroitement l'ensemble des nominations supérieures et inférieures de la fonction publique, le droit d'entrée aux universités et même les postes militaires les plus influents avec l'école publique : et tout cela dans un pays où le service militaire universel et les plus hautes fonctions de l'État attirent inconsciemment vers eux toutes les natures douées. L'école publique est ici considérée comme un objectif honorable, et tous ceux qui se sentent poussés à entrer dans la sphère du gouvernement s'y trouveront. Il s'agit là d'un phénomène nouveau et tout à fait original : l'État prend l'attitude d'un mystogogue de la culture et, tout en poursuivant ses propres fins, il oblige chacun de ses serviteurs à ne pas se présenter devant lui sans le flambeau de l'éducation publique universelle en leurs mains, à la lumière vacillante de laquelle ils peuvent à nouveau reconnaître l'État comme le but le plus élevé, comme la récompense de tous leurs efforts pour l'éducation.

« Or, ce dernier phénomène devrait en effet les surprendre ; il devrait leur rappeler cette tendance alliée, lentement comprise, d'une philosophie autrefois promue pour la raison d'État, à savoir la tendance de la philosophie hégélienne : oui, ce ne serait peut-être pas exagéré. dire que, dans la subordination de toutes les aspirations à l'éducation à la raison d'État, la Prusse s'est appropriée, avec succès, le principe et l'héritage utile de la philosophie hégélienne, dont l'apothéose de l'État dans cette subordination atteint certainement son comble .

« Mais, dit le compagnon du philosophe, quels desseins l'État peut-il avoir en vue dans un but aussi étrange ? Car le fait qu'il ait des buts d'État en vue se voit dans la manière dont les conditions des écoles prussiennes sont admirées, méditées et admirées. et parfois imité par d'autres Etats. Ces autres Etats présupposent évidemment ici quelque chose qui, s'il était adopté, tendrait au maintien et au pouvoir de l'Etat, comme notre conscription bien connue et populaire. Où chacun porte fièrement son uniforme de soldat à Dans des intervalles de régularité où presque tout le monde a absorbé un type uniforme de culture nationale à travers les écoles publiques, des hyperboles enthousiastes peuvent très bien être prononcées sur les systèmes utilisés dans les temps anciens et sur une forme de toute-puissance de l'État qui n'a été réalisée que dans l'Antiquité et qui a presque Tout jeune homme, à la fois par instinct et par entraînement, pense que c'est le couronnement de la gloire et le but le plus élevé de l'être humain.

« Une telle comparaison, dit le philosophe, serait tout à fait hyperbolique et ne marcherait pas sur un seul pied. Car, en effet, l'État ancien ne partageait catégoriquement pas le point de vue utilitariste consistant à reconnaître comme culture seulement ce qui était directement lié à la culture. utile à l'État lui-même, et il était loin de vouloir détruire ces impulsions qui ne semblaient pas immédiatement applicables. C'est précisément pour cette raison que le profond Grec avait pour l'État ce fort sentiment d'admiration et de reconnaissance qui répugne si aux hommes modernes ; parce qu'il reconnaissait clairement non seulement que sans une telle protection de l'État, les germes de sa culture ne pourraient pas se développer, mais aussi que toute sa culture inimitable et pérenne s'était épanouie si luxueusement sous la tutelle sage et attentive de la protection accordée par l'État. pour sa culture, il ne s'agit pas d'un superviseur, d'un régulateur et d'un gardien, mais d'un compagnon et d'un ami vigoureux et musclé, prêt à la guerre, qui accompagne son ami noble, admiré et, pour ainsi dire, éthéré à travers la réalité désagréable, méritant ainsi ses remerciements. Mais cela n'arrive pas lorsqu'un État moderne revendique une si chaleureuse gratitude parce qu'il rend un service si chevaleresque à la culture et à l'art allemands : car à cet égard, son passé est aussi ignominieux que son présent, comme preuve de ce que nous n'avons que penser à la manière dont la mémoire de nos grands poètes et artistes est célébrée dans les villes allemandes, et comment les objets les plus élevés de ces maîtres allemands sont soutenus par l'État.

« Il doit donc y avoir des circonstances particulières entourant à la fois ce but vers lequel tend l'État et qui promeut toujours ce que l'on appelle ici « l'éducation » ; et entourant également la culture ainsi promue, qui se subordonne à ce but de l'État. véritable esprit allemand et l'éducation qui en dérive, telle que je vous l'ai lentement esquissée, ce but de l'État est en guerre, secrètement ou ouvertement : l'esprit d'éducation, qui est accueilli *et* encouragé avec tant d'intérêt par l'État, et qui doit dont les écoles de ce pays sont tant admirées à l'étranger, doivent donc provenir d'un domaine qui n'entre jamais en contact avec ce véritable esprit allemand : avec cet esprit qui nous parle si merveilleusement du cœur intérieur de la Réforme allemande, la musique allemande , et la philosophie allemande, et qui, comme un noble exilé, est regardé avec tant d'indifférence et de mépris par l'éducation luxueuse que donne l'État. Cet esprit est étranger : il passe dans une tristesse solitaire, et au loin l'encensoir de la pseudo-culture est balancée d'avant en arrière, qui, sous les acclamations des enseignants et des journalistes « instruits », s'arroge son nom et ses privilèges et inflige un traitement insultant au mot « allemand ». Pourquoi l'État a-t-il besoin de ce surplus d'établissements d'enseignement, d'enseignants ? Pourquoi cette éducation des masses à une échelle si étendue ? Parce que le véritable esprit allemand est haï, parce que le caractère arisratique de la vraie culture est redouté, parce que le peuple s'efforce de le faire. moyen de pousser les grands individus à l'exil, afin que les revendications des masses en matière d'éducation soient, pour ainsi dire, ancrées et soigneusement entretenues, afin que le plus grand nombre puisse ainsi s'efforcer d'échapper à la discipline rigide et stricte. des quelques grands dirigeants, afin que les masses soient persuadées qu'elles peuvent facilement trouver leur chemin par elles-mêmes, en suivant l'étoile directrice de l'État !

"Un phénomène nouveau ! L'Etat comme étoile directrice de la culture ! En attendant une chose me console : cet esprit allemand, contre lequel on se bat tant, et auquel on a substitué un suppléant bariolé, cet esprit est *courageux* : elle se battra et se rachètera dans un âge plus pur ; noble, comme elle l'est aujourd'hui, et victorieuse, comme elle le sera un jour, elle conservera toujours dans son esprit une certaine tolérance pitoyable à l'égard de l'État, si celui-ci, aux abois, à l'heure de l'extrême, s'assure une telle pseudo-culture comme associée. Car que savons-nous, après tout, de la tâche difficile de gouverner les hommes, c'est-à-dire de maintenir la loi, l'ordre, la tranquillité et la paix parmi des millions d'égoïstes sans *limites* ? des êtres humains injustes, déraisonnables, déshonorants, envieux, malins, donc très bornés et pervers, et ainsi protéger le peu de choses que l'État a conquis pour lui-même contre des voisins cupides et des voleurs jaloux ? ses bras à n'importe quel associé, s'accroche à n'importe quelle paille ; et lorsqu'un tel associé se présente avec une éloquence fleurie, lorsqu'il déclare que l'État, comme Hegel l'a fait, est un « organisme éthique absolument complet », l'essence et la fin de l'éducation de chacun, et continue en indiquant comment il peut lui-même promouvoir au mieux les intérêts de l'État – qui serait surpris si, sans autre pourparlers, l'État lui tombait au cou et criait d'une voix barbare et pleine de conviction : « Oui ! Tu es l'éducation ! Tu es vraiment la culture ! »

———

QUATRIÈME CONFÉRENCE.

(*Livré le 5 mars 1872.*)

MESDAMES ET MESSIEURS , Maintenant que vous avez suivi mon récit jusqu'ici, et que nous nous sommes rendus maîtres en commun du duologue solitaire, lointain et parfois abusif du philosophe et de son compagnon, j'espère sincèrement que vous, comme bons nageurs, sont prêts à entreprendre la seconde moitié de notre voyage, d'autant que je peux vous promettre que quelques autres marionnettes apparaîtront dans le jeu de marionnettes de mon aventure, et que si jusqu'à présent vous n'avez pu que ne faites qu'endurer ce que je vous ai dit, les vagues de mon histoire vous emporteront désormais plus rapidement et plus facilement vers la fin. En d'autres termes, nous sommes arrivés à un tournant et il serait bon que nous jetions un bref coup d'œil en arrière pour voir ce que nous pensons avoir retiré d'une conversation aussi variée.

« Restez dans votre situation actuelle, semblait dire le philosophe à son compagnon, car vous pouvez nourrir des espérances. Il est de plus en plus évident que nous n'avons pas d'établissements d'enseignement, mais que nous devrions en avoir. Les écoles – établies, semble-t-il, dans ce but noble – sont devenues soit les pépinières d'une culture répréhensible qui repousse la vraie culture avec une haine profonde, c'est-à-dire une culture véritable et arisratique, *fondée* sur quelques esprits soigneusement choisis, soit elles nourrissent une un savoir micrologique et stérile qui, tout en étant très éloigné de la culture, a au moins ce mérite d'éviter cette culture répréhensible aussi bien que la vraie culture. Le philosophe avait particulièrement attiré l'attention de son compagnon sur l'étrange corruption qui avait dû entrer au cœur de la culture lorsque l'État se croyait capable de la tyranniser et d'arriver à ses fins par elle ; et plus encore lorsque l'État, en liaison avec cette culture, luttait contre d'autres forces hostiles ainsi que contre *l'* esprit que le philosophe ose appeler le « véritable esprit allemand ». Cet esprit, lié aux Grecs par les liens les plus nobles, et montré par son histoire passée comme inébranlable et courageux, pur et élevé dans ses objectifs, ses facultés le qualifiant pour la haute tâche de libérer l'homme moderne de la malédiction de la modernité : cet esprit est condamné à vivre à l'écart, banni de son héritage. Mais lorsque ses lentes et douloureuses tonalités de malheur résonnent dans le désert du présent, alors la caravane surchargée et gaiement décorée de la culture est stoppée, frappée d'horreur. Il ne faut pas seulement étonner, mais effrayer : telle était l'opinion du philosophe : ne pas s'enfuir honteusement, mais prendre l'offensive, tel était son conseil ; mais il conseilla surtout à son compagnon de ne pas trop s'inquiéter de l'individu dont, par un instinct supérieur, provenait cette aversion pour la barbarie actuelle : « Qu'il périsse : le dieu Pythien n'eut aucune difficulté à trouver un nouveau trépied, une seconde Pythie . , aussi longtemps, au moins, que les vapeurs froides et mystiques s'élevaient de la terre.

Le philosophe se remit à parler : « N'oubliez pas, mon ami, dit-il, qu'il y a deux choses qu'il ne faut pas confondre. Un homme doit apprendre beaucoup pour pouvoir vivre et prendre part à la lutte pour l'existence. Mais tout ce qu'il apprend et fait en tant qu'individu dans ce but n'a rien à voir avec la culture, qui ne commence que dans un domaine qui se situe bien au-dessus du monde de la nécessité, de l'indigence et de la lutte pour l'existence. La question est maintenant de savoir dans quelle mesure un homme valorise son ego par rapport aux autres ego, quelle part de sa force il utilise dans l'affection pour gagner sa vie. Beaucoup d'entre nous, en confinant stoïquement leurs besoins dans un cadre étroit, atteindre rapidement et facilement la sphère dans laquelle il peut oublier et, pour ainsi dire, se débarrasser de son ego, afin de pouvoir jouir d'une jeunesse perpétuelle dans un système solaire de choses intemporelles et impersonnelles. Un autre élargit la portée et les besoins de son ego en tant que tel. autant que possible, et construit le mausolée de cet ego dans de vastes proportions, comme s'il était prêt à combattre et à vaincre ce terrible adversaire qu'est le Temps. Dans cet instinct aussi, nous pouvons voir un désir d'immortalité : la richesse et le pouvoir, la sagesse, la présence d'esprit, l'éloquence, un aspect extérieur épanoui, un nom renommé - tout cela est simplement transformé en moyen par lequel une volonté insatiable et personnelle de vivre a soif d'une nouvelle vie, avec laquelle, à nouveau, il aspire à une éternité qui apparaît enfin comme illusoire.

"Mais même dans cette forme la plus élevée du moi, dans les besoins accrus d'un individu aussi distendu et, pour ainsi dire, collectif, la vraie culture n'est jamais touchée ; et si, par exemple, l'art est recherché, seulement sa diffusion et sa diffusion. Les actions stimulantes sont mises en avant, *c'est-à-dire* celles qui donnent au moins naissance à l'art pur et noble, et surtout à ses formes basses et dégradées. Car dans tous ses efforts, aussi grands et exceptionnels qu'ils paraissent au spectateur, il ne réussit jamais. en se libérant de sa propre personnalité désireuse et agitée : cette sphère illuminée et éthérée où l'on peut contempler sans l'obstruction de sa propre personnalité s'éloigne continuellement de lui - et ainsi, qu'il apprenne, voyage et collectionne comme il peut, il doit toujours vivre une vie d'exil, loin d'une vie supérieure et de la vraie culture. Car la vraie culture mépriserait de se contaminer avec l'individu nécessiteux et cupide ; elle sait bien tromper celui qui voudrait s'en servir comme d'un homme. moyens d'atteindre des fins égoïstes; et si quelqu'un croit qu'il l'a fermement acquis comme moyen de subsistance et qu'il peut se procurer les nécessités de la vie par sa culture assidue, alors il s'enfuit soudain à pas silencieux et avec un air de moquerie moqueuse. [6]

"Je te demanderai donc, mon ami, de ne pas confondre cette culture, cette déesse sensible, fastidieuse, éthérée, avec cette utile servante à tout, qu'on appelle aussi "culture", mais qui n'est que la servante intellectuelle et conseiller de ses besoins pratiques, de ses besoins et de ses moyens de subsistance. Cependant, toute forme de formation qui a pour fin et pour but la perspective de gagner de l'argent n'est pas une formation à la culture au sens où nous entendons ce mot ; mais simplement un ensemble de de préceptes et de directives pour montrer comment, dans la lutte pour l'existence, un homme peut préserver et protéger sa propre personne. On peut admettre que pour la grande majorité des hommes, un tel cours d'instruction est de la plus haute importance ; et le plus ardu la lutte est d'autant plus intense que le jeune homme doit déployer tous ses nerfs pour utiliser ses forces au mieux.

" Mais que personne ne pense un seul instant que les écoles qui le poussent à cette lutte et l'y préparent doivent en quelque sorte être sérieusement considérées comme des établissements de culture. Ce sont des institutions qui enseignent à prendre part à la bataille de la vie, qu'ils promettent de former des fonctionnaires, ou des commerçants, ou des officiers, ou des grossistes, ou des agriculteurs, ou des médecins, ou des hommes ayant une formation technique. Les réglementations et les normes en vigueur dans de telles institutions diffèrent de celles d'une véritable établissement d'enseignement ; et ce qui est autorisé dans ce dernier, et même présenté aussi souvent que possible, devrait être considéré comme une infraction pénale dans le premier.

"Laissez-moi vous donner un exemple. Si vous souhaitez guider un jeune homme sur le chemin de la vraie culture, gardez-vous d'interrompre sa relation naïve, confiante et pour ainsi dire immédiate et personnelle avec la nature. Les bois, les rochers, les vents, les vautours, les fleurs, les papillons, les prairies, les pentes des montagnes doivent tous lui parler dans leur propre langage ; en eux il doit pour ainsi dire se connaître à nouveau dans d'innombrables réflexions et images, dans une série variée de visions changeantes ; et de cette manière, il ressentira inconsciemment et progressivement l'unité métaphysique de toutes choses dans la grande image de la nature, et en même temps tranquillisera son âme dans la contemplation de son endurance et de sa nécessité éternelles. Mais comment "Beaucoup de jeunes hommes devraient être autorisés à grandir dans une proximité si étroite et presque personnelle avec la nature ! Les autres doivent apprendre une autre vérité plus tôt : comment soumettre la nature à eux-mêmes. Voici la fin de cette métaphysique naïve ; et de la physiologie des plantes et des animaux. , la géologie, la chimie inorganique obligent leurs adeptes à considérer la nature d'un tout autre point de vue. Ce que perd ce nouveau point de vue, ce n'est pas seulement une fantasmagorie poétique, mais le point de vue instinctif, vrai et unique, au lieu duquel nous avons des calculs astucieux et astucieux, et, pour ainsi dire, des excès de la nature. Ainsi, à l'homme véritablement cultivé est accordé le bénéfice inestimable de pouvoir rester fidèle, sans interruption, aux instincts contemplatifs de son enfance et d'atteindre ainsi un calme, une unité, une cohérence et une harmonie auxquels on ne peut même jamais penser. par un homme qui est obligé de se battre dans la lutte pour l'existence.

"Il ne faut pas croire cependant que je veuille refuser tout éloge à nos écoles primaires et secondaires : j'honore les séminaires où les garçons apprennent le calcul et maîtrisent les langues vivantes, et étudient la géographie et les merveilleuses découvertes faites dans les sciences naturelles. Je suis tout à fait Je suis prêt à dire en outre que les jeunes qui passent par les meilleures classes des écoles secondaires ont tout à fait le droit de faire valoir les revendications avancées par les écoliers publics à part entière ; et le moment n'est certainement pas loin où ces élèves seront admis partout dans le monde. les universités et les postes sous le gouvernement, ce qui n'a été jusqu'ici le cas que des savants des écoles publiques - de nos écoles publiques actuelles, notons-le ![7] Je ne peux cependant m'empêcher d'ajouter la réflexion mélancolique : si c'est le cas , Il est vrai que les écoles secondaires et publiques travaillent, dans l'ensemble, si chaleureusement en commun vers les mêmes buts, et ne diffèrent les unes des autres que dans une si légère mesure, qu'elles peuvent prendre un rang égal devant le tribunal de l'État, alors nous il manque un autre type d'institutions éducatives : celles pour le développement de la culture ! On ne peut pour le moins pas reprocher cela aux écoles secondaires ; car ils ont jusqu'à présent suivi favorablement et honorablement des tendances d'un ordre inférieur, mais néanmoins hautement nécessaires. Dans les écoles publiques, cependant, il y a beaucoup moins d'honnêteté et aussi beaucoup moins de capacités ; car nous trouvons chez eux un sentiment instinctif de honte, la perception inconsciente du fait que l'institution entière a été ignominieusement dégradée et que les paroles sonores de professeurs sages et apathiques sont en contradiction avec la réalité morne, barbare et stérile. Il n'existe donc pas de véritables institutions culturelles ! Et là même où l'on continue à prétendre à la culture, nous trouvons les gens plus désespérés, atrophiés et mécontents que dans les écoles secondaires, où sont enseignées les matières dites « réalistes » ! En plus de cela, pensez seulement à quel point on doit être immature et mal informé en compagnie de tels enseignants quand on se méprend en réalité sur les expressions philosophiques rigoureusement définies « réel » et « réalisme », au point de les considérer comme les contrastes de l'esprit et de la matière, et interpréter le « réalisme » comme « le chemin vers la connaissance, la formation et la maîtrise de la réalité ».

"Pour ma part, je ne connais que deux contrastes exacts : *les institutions pour enseigner la culture et les institutions pour apprendre à réussir dans la vie* . Toutes nos institutions actuelles appartiennent à la seconde classe ; mais je ne parle que de la première."

Environ deux heures se sont écoulées pendant que le couple à l'esprit philosophique discutait de ces questions initiales. Entre-temps, la nuit tombait lentement ; et tandis qu'au crépuscule la voix du philosophe avait sonné comme une musique naturelle à travers les bois, elle résonnait maintenant dans l'obscurité profonde de la nuit lorsqu'il parlait avec excitation ou même avec passion ; ses voix sifflaient et tonnaient au loin dans la vallée et se répercutaient parmi les arbres et les rochers. Soudain, il se tut : il venait de répéter, presque pathétiquement, les mots : « nous n'avons pas de véritables institutions d'enseignement ; nous n'avons pas de véritables institutions d'enseignement ! quand quelque chose est tombé juste devant lui – c'était peut-être une pomme de pin – et son chien a aboyé et a couru vers lui. Ainsi interrompu, le philosophe releva la tête et prit soudain conscience de l'obscurité, de l'air frais et de la solitude de lui et de son compagnon. "Eh bien ! De quoi parlons-nous !" s'écria-t-il, il fait nuit. Vous savez qui nous attendions ici ; mais il n'est pas venu. Nous avons vainement attendu ; partons.

Il me faut maintenant, mesdames et messieurs, vous faire part des impressions éprouvées par mon ami et par moi-même en écoutant avec avidité cette conversation, que nous entendions distinctement dans notre cachette. Je vous ai déjà dit qu'à cet endroit et à cette heure nous avions prévu d'organiser une fête en commémoration de quelque chose : et ce quelque chose ne concernait rien d'autre que des questions concernant la formation pédagogique, sur lesquelles nous, dans nos propres opinions de jeunesse, avait récolté une récolte abondante au cours de notre vie passée. Nous étions donc disposés à nous souvenir avec gratitude de l'institution que nous avions autrefois imaginée à cet endroit même, afin, comme je l'ai déjà dit, de pouvoir nous encourager et veiller réciproquement nos impulsions éducatives les unes des autres. Mais une lumière inattendue se jetait sur toute cette vie passée tandis que nous nous abandonnions silencieusement aux paroles véhémentes du philosophe. Comme lorsqu'un voyageur, marchant insouciamment à travers un terrain inconnu, met soudain le pied par-dessus le bord d'une falaise, de même il nous semblait maintenant que nous nous étions hâtés d'affronter le grand danger plutôt que de le fuir. Ici, en cet endroit si mémorable pour nous, nous avons entendu l'avertissement : «

Reculez ! Pas un pas de plus ! Ne savez-vous pas où tendent vos pas, où vous attire ce chemin trompeur ?

Il nous semblait que nous le savions maintenant, et notre sentiment de gratitude débordante nous poussa si irrésistiblement vers notre sérieux conseiller et fidèle Eckart, que nous sursautâmes tous deux au même moment et nous précipitâmes vers le philosophe pour l'embrasser. Il était sur le point de s'éloigner et s'était déjà tourné de côté lorsque nous nous précipitâmes vers lui. Le chien se retourna brusquement et aboya, pensant sans doute, comme le compagnon du philosophe, à une tentative de vol plutôt qu'à une étreinte ravie. Il était évident qu'il nous avait oubliés. En un mot, elle s'est enfuie. Notre étreinte fut un lamentable échec lorsque nous le rattrapâmes ; car mon ami poussa un grand cri lorsque le chien le mordit, et le philosophe lui-même s'éloigna de moi avec une telle force que nous tombâmes tous deux. Entre le chien et les hommes, il y a eu une bousculade qui a duré quelques minutes, jusqu'à ce que mon ami se mette à crier fort, parodiant les propres paroles du philosophe : « Au nom de toute culture et pseudo-culture, que fait le chien idiot ? veux-tu de nous ? C'est pourquoi, maudit chien ; toi qui n'es pas initié, qui ne dois jamais être initié ; éloigne-toi de nous, silencieux et honteux ! Après ces éclats, les choses furent quelque peu éclaircies, du moins dans la mesure où elles purent l'être dans l'obscurité du bois. "Oh c'est toi!" s'écria le philosophe, nos duellistes ! Comment vous nous avez déclenchés ! Qu'est-ce qui vous pousse à vous jeter ainsi sur nous à une telle heure de la nuit ?

« Joie, gratitude et respect, » disions-nous en serrant la main du vieillard, tandis que le chien aboyait comme s'il comprenait, « nous ne pouvons pas vous laisser partir sans vous le dire. Et si vous voulez comprendre tout ce que vous Nous ne devons pas partir tout de suite ; nous voulons vous interroger sur tant de choses qui nous tiennent à cœur. Restez encore un moment ; nous connaissons chaque étape du chemin et pourrons vous accompagner ensuite. Le monsieur que vous attendez peut encore se présenter. Regardez. là-bas sur le Rhin : qu'est-ce qu'on voit si clairement flotter à la surface de l'eau, comme entouré de la lueur de plusieurs torches ? C'est là qu'on peut chercher ton ami, j'oserais même dire que c'est celui qui vient vers toi avec toutes ces lumières.

Et nous avons tellement assailli le vieillard surpris avec nos supplications, nos promesses et nos illusions fantastiques, que nous avons persuadé le philosophe de se promener avec nous sur le petit plateau, « par un travail savant et sans être dérangé », comme a ajouté mon ami.

"Honte à toi!" " dit le philosophe, " si tu veux vraiment citer quelque chose, pourquoi choisir Faust ? Mais je céderai à toi, quota ou pas, si seulement nos jeunes compagnons veulent rester tranquilles et ne s'enfuient pas aussi brusquement qu'ils sont apparus. , car ils sont comme des feux follets ; nous sommes étonnés quand ils sont là et encore quand ils ne sont pas là. "

Mon ami a immédiatement récité :

Le respect, je l'espère, nous apprendra comment garder à distance notre disposition plus légère. Notre parcours est en règle générale uniquement en zigzag.

Le philosophe fut surpris et resta immobile. « Vous m'étonnez, feux follets, dit-il ; " Ce n'est pas un bourbier dans lequel nous nous trouvons actuellement. A quoi vous sert ce sol ? Que signifie pour vous la proximité d'un philosophe ? Car autour de lui l'air est vif et clair, le sol sec et dur. Vous devez le découvrir. une région plus fantastique pour vos inclinations zigzagantes.

« Je crois, interrompit alors le compagnon du philosophe, que ces messieurs nous ont déjà dit qu'ils avaient promis de rencontrer quelqu'un ici à cette heure ; mais il me semble qu'ils écoutaient notre comédie d'éducation comme un chœur, et de véritables « spectateurs idéalistes » - car ils ne nous dérangeaient pas ; nous pensions que nous étions seuls les uns avec les autres.

"Oui, c'est vrai", dit le philosophe, "il ne faut pas leur refuser les éloges, mais il me semble qu'ils méritent encore des éloges plus élevés..."

Ici, je saisis la main du philosophe et lui dis : « Cet homme doit être aussi obsédé qu'un reptile, le ventre à terre et la tête enfouie dans la boue, qui peut écouter un discours comme le vôtre sans devenir sérieux et réfléchi, ni même excité et indigné. L'auto-accusation et l'agacement pourraient peut-être en mettre quelques-uns en colère, mais notre impression était tout autre : la seule chose que je ne sais pas, c'est comment la décrire exactement. Cette heure était si bien choisie pour nous, et nos esprits étaient si bien préparés que nous étions assis là comme des vases vides, et maintenant il semble que nous étions remplis à déborder de cette nouvelle sagesse : car je ne sais plus comment m'aider, et si quelqu'un me demandait ce que je suis En pensant à faire demain, ou à ce que j'ai décidé de faire de moi-même à partir de maintenant, je ne saurais que répondre, car il est facile de voir que nous avons jusqu'à présent vécu et nous éduqués dans dans le mauvais sens – mais que pouvons-nous faire pour franchir le gouffre entre aujourd'hui et demain ?

"Oui", a reconnu mon ami, "j'ai un sentiment similaire et je pose la même question : mais en plus de cela, j'ai l'impression d'avoir été effrayé par la culture allemande en entretenant des vues si élevées et idéales sur sa tâche ; oui, comme si j'étais indigne de coopérer avec elle à la réalisation de ses buts, je ne vois qu'une file resplendissante des plus hautes natures se diriger vers ce but, j'imagine par quels abîmes et par quelles tentations voyage ce cortège. Qui oserait être assez audacieux pour y participer ?

A ce moment-là, le compagnon du philosophe se tourna de nouveau vers lui et lui dit : « Ne sois pas en colère contre moi quand je te dis que j'ai moi aussi un sentiment un peu similaire, dont je ne t'ai pas parlé auparavant. En te parlant, j'ai souvent ressenti tiré de moi-même, et inspiré de votre ardeur et de vos espérances jusqu'à m'oublier presque. Puis arrive un moment plus calme, un vent perçant de réalité me ramène sur terre, et alors je vois le large gouffre qui nous sépare, que toi-même, comme dans un rêve, tu me ramènes. Alors ce que tu appelles « culture » vacille simplement sans signification autour de moi ou repose lourdement sur ma poitrine : c'est comme une cotte de mailles qui m'alourdit, ou une épée que je ne peut pas le manier. »

Nos esprits, tandis que nous discutions ainsi avec le philosophe, étaient unanimes, et, s'encourageant et se stimulant mutuellement, nous marchions lentement avec lui d'avant en arrière le long de l'espace libre qui, plus tôt dans la journée, nous avait servi de champ de tir. Et puis, dans la nuit calme, sous la lumière paisible de centaines d'étoiles, nous nous sommes tous lancés dans une tirade qui ressemblait à peu près à ceci :

« Vous nous avez tant parlé du génie, commençons-nous, de son voyage solitaire et fastidieux à travers le monde, comme si la nature ne présentait jamais que les contrastes les plus diamétraux : en un seul endroit, les masses stupides et ennuyeuses, agissant par instinct puis, sur un plan beaucoup plus élevé et plus éloigné, les grands contemplateurs, destinés à la production d'œuvres immortelles. Mais maintenant vous appelez cela les sommets de la pyramide intellectuelle : il semblerait cependant qu'entre le large, lourdement jusqu'au plus haut des sommets libres et libres de toute charge, il doit y avoir d'innombrables degrés intermédiaires, et qu'il faut ici appliquer le dicton *natura non facit saltus* . Où donc chercher le commencement de ce que vous appelez la culture ? où est le ligne de démarcation à tracer entre les sphères gouvernées de bas en haut et celles qui sont gouvernées de haut en bas ? Et si ce n'est qu'en relation avec ces êtres exaltés qu'on peut parler de vraie culture, comment fonder des institutions pour leur L'existence incertaine de telles natures, comment pouvons-nous concevoir des établissements d'enseignement qui ne bénéficieront qu'à quelques privilégiés ? Il nous semble plutôt que ces personnes savent trouver leur propre chemin et que toute leur force se manifeste dans le fait qu'elles sont capables de marcher sans les béquilles éducatives nécessaires aux autres et ainsi de se frayer un chemin sans être dérangées dans la tempête et le stress. de ce monde difficile, comme un fantôme."

Nous continuions à raisonner ainsi, parlant sans grande habileté et sans donner à nos pensées une forme particulière : mais le compagnon du philosophe alla plus loin et lui dit : « Pensez à tous ces grands génies dont nous avons coutume de parler. soyez si fiers, les considérant comme des dirigeants et des guides éprouvés de ce véritable esprit allemand, dont nous commémorons les noms par des statues et des fêtes, et dont nous soutenons les œuvres avec des sentiments de fierté pour l'admiration des terres étrangères - comment ont-ils obtenu l'éducation que vous exigez pour eux, à quel point montrent-ils qu'ils ont été nourris et mûris en se prélassant au soleil de l'éducation nationale ? Et pourtant ils paraissent possibles, ils sont néanmoins devenus des hommes qu'il faut honorer : oui, leurs œuvres elles-mêmes justifient la forme de développement de ces nobles esprits ; elles justifient même un certain manque d'éducation dont il faut tenir compte en raison de leur pays et de l'époque où ils ont vécu. Comment Lessing et Winckelmann pourraient-ils bénéficier de la culture allemande ? de leur temps ? Encore moins, ou en tout cas aussi peu que Beethoven, Schiller, Goethe ou chacun de nos grands poètes et artistes. C'est peut-être une loi de la nature que seules les générations ultérieures sont destinées à savoir par quels dons divins une génération antérieure a été favorisée. »

À ce moment-là, le vieux philosophe ne put contenir sa colère et cria à son compagnon : « Oh, innocent agneau de la connaissance ! Vous toutes, douces colombes allaitantes ! des choses étroites, disgracieuses, estropiées ? Oui, je viens tout juste d'écouter les fruits de cette culture actuelle, et mes oreilles résonnent encore au son de choses historiques « comprises par moi-même », de choses sur- raisonnements historiques sages et impitoyables ! Remarquez ceci, nature non profanée : vous avez vieilli, et depuis des milliers d'années ce ciel étoilé s'est étendu sur l'espace au-dessus de vous - mais vous n'avez jamais encore entendu des bavardages aussi vaniteux et, au fond, aussi malicieux que le parlez du présent ! Vous êtes donc fiers de vos poètes et de vos artistes, mes bons Germains ? Vous les montrez du doigt et vous vous en vantez auprès des pays étrangers, n'est-ce pas ? Et parce que cela ne vous a pas posé de peine de les avoir parmi vous, vous avez-vous formulé l'agréable théorie selon laquelle vous n'avez pas besoin de vous en préoccuper davantage ? N'est-ce pas, mes enfants inexpérimentés : ils viennent de leur plein gré, la cigogne vous les amène ! Qui oserait parler d'une sage-femme ! Vous méritez un enseignement sérieux, hein ? Vous devriez être fier du fait que tous les hommes nobles et brillants dont nous avons parlé ont été prématurément étouffés, épuisés et écrasés à cause de vous, à cause de votre barbarie ? Vous pensez sans honte à Lessing, qui, à cause de votre bêtise, a péri dans la bataille contre vos ridicules dieux et idoles, les maux de vos théâtres, de vos savants et de vos théologiens, sans même oser vous élever à la hauteur de cela. vol immortel pour lequel il a été mis au monde. Et quelles sont vos impressions quand vous pensez à Winckelmann, qui, pour se débarrasser de vos yeux grotesques, est allé demander du secours aux Jésuites, et dont la honteuse conversion religieuse vous revient et restera toujours pour vous une tache ineffaçable ? On peut même nommer Schiller sans rougir ! Regardez sa photo ! Ces yeux de feu et de scintillement qui vous regardent avec dédain, ces joues rouges et mortes : ne pouvez-vous rien apprendre de tout cela ? En lui tu avais un jouet beau et divin, et à travers lui tu as été détruit. Et si vous aviez pu retirer l'amitié de Goethe de cette vie mélancolique et précipitée, traquée jusqu'à une mort prématurée, vous l'auriez écrasé encore plus tôt que vous ne l'avez fait. Vous n'avez prêté assistance à aucun de nos grands génies, et maintenant, sur cette base, vous voulez construire la théorie selon laquelle aucun d'entre eux ne sera jamais secouru ? Mais pour chacun d'eux, jusqu'à présent, vous avez toujours été la « résistance du monde stupide » dont parle Goethe dans son « Épilogue à la cloche » ; envers chacun d'eux, vous jouiez le rôle d'idiots apathiques, de cœurs étroits jaloux ou d'égoïstes malins. Malgré vous, ils ont créé leurs œuvres immortelles, contre vous ils ont dirigé leurs attaques, et grâce à vous ils sont morts si prématurément, leurs tâches à moitié accomplies, émoussées, émoussées et brisées dans la bataille. Qui peut dire à quoi ces hommes héroïques étaient destinés à accomplir, si seulement ce véritable esprit allemand les avait rassemblés dans les murs protecteurs d'une institution puissante ? , et une existence dégradée. Tous ces grands hommes étaient complètement ruinés ; et seule une croyance insensée dans le « caractère raisonnable de tous les événements » hégélien vous absoudrait de toute responsabilité en la matière. Et pas seulement ces hommes ! De tous les horizons intellectuels, les accusations pleuvent contre vous : que je regarde les talents de nos poètes, philosophes, peintres ou sculpteurs, et pas seulement lorsqu'il s'agit de dons de premier ordre, je vois partout de l'immaturité, des nerfs à rude épreuve ou des des énergies prématurément épuisées, des capacités gaspillées et étouffées dans l'œuf ; Je ressens partout cette « résistance du monde stupide », autrement dit *votre* culpabilité. C'est de cela que je parle lorsque je parle du manque d'établissements d'enseignement, et c'est pourquoi je pense que ceux qui revendiquent actuellement ce nom sont dans un état si pitoyable. Quiconque se plaît à appeler cela un « désir idéal », et à le qualifier d'« idéal » comme s'il essayait de s'en débarrasser en me louant, mérite la réponse que le système actuel est un scandale et une honte, et que l'homme qui demande de la chaleur au milieu de la glace et de la neige doit en effet se mettre en colère s'il entend parler de « désir idéal ». Le sujet dont nous discutons maintenant concerne des réalités claires, urgentes et palpables : celui qui connaît un peu la question sent qu'il y a un besoin auquel il faut remédier, au même titre que le froid et la faim. Mais l'homme qui n'est pas du tout concerné par cette question a très certainement un critère par lequel mesurer l'étendue de sa propre culture, et donc savoir ce que j'appelle « culture », et où doit être tracée la ligne de démarcation entre ce qui est gouverné de bas en haut et ce qui est gouverné de haut en bas. »

Le philosophe semblait parler avec beaucoup de chaleur. Nous le priâmes de revenir faire le tour avec nous, puisqu'il avait prononcé la dernière partie de son discours debout près de la souche d'arbre qui nous avait servi de cible. Pendant quelques minutes, plus un mot ne fut prononcé. Lentement et pensivement, nous marchions de long en large, nous n'éprouvions pas tant de honte d'avoir avancé des arguments aussi stupides que nous éprouvions une sorte de restitution de notre personnalité. Après les paroles passionnées et, pour nous, très peu flatteuses du philosophe, nous semblâmes nous sentir plus proches de lui, et même avoir une relation personnelle avec lui. Car si misérable est l'homme qu'il ne se sent jamais mis en contact aussi étroit avec un étranger que lorsque celui-ci montre quelque signe de faiblesse, quelque défaut. Le fait que notre philosophe se soit mis en colère et ait usé d'un langage injurieux a contribué à combler le fossé créé entre nous par notre timide respect pour lui : et pour le bien du lecteur qui sent monter son indignation à cette suggestion, ajoutons que ceci Bridge mène souvent d'un culte lointain du héros à l'amour personnel et à la pitié. Et, après le sentiment que notre personnalité nous avait été restituée, cette pitié est devenue peu à peu de plus en plus forte. Pourquoi faisions-nous marcher ce vieil homme avec nous entre les rochers et les arbres à cette heure de la nuit ? Et puisqu'il avait cédé à nos instances, pourquoi n'aurions-nous pas pu songer à une manière plus modeste et plus modeste de nous faire instruire, pourquoi l'aurions-nous tous trois contredit en termes si maladroits ?

Car maintenant nous voyions combien toutes nos objections étaient irréfléchies, non préparées et sans fondement, et combien on y entendait l'écho du présent dont le vieil homme, dans le domaine de la culture, n'aurait pas voulu entendre la voix . entendu. Nos objections n'étaient cependant pas purement intellectuelles : nos raisons de protester contre les affirmations du philosophe semblaient être ailleurs. Elles naissaient peut-être du souci instinctif de savoir si, si les vues du philosophe étaient mises en pratique, nos propres personnalités trouveraient une place dans la division supérieure ou inférieure ; et cela nous a obligé à trouver quelques arguments contre le mode de pensée qui nous a privé de nos prétendues prétentions à la culture. Cependant, les gens ne devraient pas discuter avec des compagnons qui ressentent si personnellement le poids d'une dispute ; ou, comme l'aurait été la moralité dans notre cas : de tels compagnons ne devraient pas discuter, ne devraient pas du tout contredire.

Nous marchions donc à côté du philosophe, honteux, compatissants, insatisfaits de nous-mêmes et plus que jamais convaincus que le vieil homme avait raison et que nous lui avions fait du mal. Comme le rêve de jeunesse de notre établissement d'enseignement semblait désormais lointain ; comme nous voyions clairement le danger auquel nous avions échappé jusqu'ici par simple chance, à savoir nous abandonner corps et âme au système éducatif qui s'imposait à notre attention de manière si séduisante, depuis le moment où nous sommes entrés dans les écoles publiques jusqu'à ce moment-là. . Comment donc avions-nous pu ne pas prendre place dans le chœur de ses admirateurs ? Peut-être simplement parce que nous étions de vrais étudiants et que nous pouvions encore nous retirer des turbulences, des bousculades et des luttes, des vagues agitées et sans cesse déferlantes de la publicité, pour chercher refuge dans notre propre petit établissement d'enseignement ; mais le temps aurait vite été englouti également.

Accablés par de telles réflexions, nous allions nous adresser de nouveau au philosophe, lorsqu'il se tourna brusquement vers nous et dit d'un ton plus doux :

"Je ne peux pas être surpris si vous, jeunes gens, vous comportez de manière imprudente et irréfléchie ; car il est peu probable que vous ayez jamais sérieusement réfléchi à ce que je viens de vous dire. Ne soyez pas pressés ; portez cette question avec vous, mais ne vous inquiétez pas. " en tout cas, réfléchissez-y jour et nuit. Car vous êtes maintenant à la croisée des chemins, et maintenant vous savez où chaque chemin mène. Si vous en prenez un, votre âge vous recevra à bras ouverts, vous ne le trouverez pas en manque. en honneurs et décorations : vous formerez des unités d'une base énorme ; et il y aura autant de personnes partageant les mêmes idées se tenant derrière vous que devant vous. Et lorsque le chef donnera le mot, il sera répercuté depuis le rang. car ici votre premier devoir est celui-ci : combattre dans la base ; et votre second : anéantir tous ceux qui refusent de faire partie de la base. Sur l'autre chemin, vous n'aurez que peu de compagnons de voyage : c'est plus ardu, plus sinueux et plus précipité, et ceux qui prendront le premier chemin se moqueront de vous, car votre progression est plus fastidieuse, et ils essaieront de vous attirer dans leurs propres rangs. Cependant, lorsque les deux chemins se croisent, vous serez maltraité et mis de côté, ou bien rejeté et isolé.

"Maintenant, prenez ces deux partis, si différents l'un de l'autre à tous égards, et dites-moi quel sens aurait pour eux un établissement d'enseignement. Cette horde énorme, se pressant sur le premier chemin vers son but, comprendrait par ce terme une institution par laquelle chacun de ses membres deviendrait dûment qualifié pour prendre sa place dans la base et serait purgé de tout ce qui pourrait tendre à le pousser à tendre vers des objectifs plus élevés et plus lointains. , qu'ils savent trouver des mots pompeux pour décrire leurs objectifs : par exemple, ils parlent du « développement universel de la personnalité libre sur une base sociale, nationale et humaine solide », ou ils annoncent comme objectif : « La fondation de la souveraineté pacifique du peuple sur la raison, l'éducation et la justice.

"Mais un établissement d'enseignement pour l'autre et plus petite entreprise serait quelque chose de très différent. Ils l'utiliseraient pour éviter d'être séparés les uns des autres et submergés par la première foule immense, pour empêcher leurs quelques esprits sélectionnés de perdre de vue leur splendide et noble tâche, soit par une lassitude prématurée, soit par le fait d'être détournés du vrai chemin, corrompus ou subvertis. Ces esprits choisis doivent achever leur œuvre : telle est la raison d'être *de* leur institution commune, œuvre en effet qui , pour ainsi dire, doit être exempt de traces subjectives et doit s'élever davantage au-dessus des événements éphémères des temps futurs comme le pur reflet de l'essence éternelle et immuable des choses. Et tous ceux qui occupent des places dans cette institution doivent coopérer à l'effort visant à restreindre les hommes de génie par cette purification de la subjectivité et la création d'œuvres de génie. Peu d'entre eux, même ceux dont les talents peuvent être du deuxième ou du troisième ordre, sont aptes à une telle coopération, et seulement lorsque En travaillant dans un établissement d'enseignement comme celui-ci, ils ont le sentiment d'accomplir véritablement la tâche de leur vie. Mais maintenant, ce sont justement ces talents dont je parle qui sont éloignés du vrai chemin et leurs instincts aliénés par les séductions continuelles de cette « culture » moderne.

« Les émotions égoïstes, les faiblesses et les vanités de ces quelques esprits sélectionnés sont continuellement assaillies par les tentations que ne cesse de murmurer à leurs oreilles l'esprit du temps : « Venez avec moi ! Vous voilà des serviteurs, des serviteurs, des outils, éclipsés par des natures supérieures. ; vos caractéristiques particulières n'ont jamais de jeu libre ; vous êtes attachés, enchaînés, comme des esclaves ; oui, comme des automates : ici, avec moi, vous jouirez de la liberté de vos propres personnalités, comme devraient le faire les maîtres, vos talents les feront ne brillez que sur vous-mêmes, avec leur aide vous pourrez arriver au premier rang ; un cortège innombrable de partisans vous accompagnera, et les applaudissements de l'opinion publique vous procureront plus de plaisir qu'un éloge noblement accordé du haut du génie. Même les meilleurs des hommes cèdent désormais à ces tentations : et on ne peut pas dire que le facteur décisif ici soit le degré de talent, ou si un homme est accessible ou non à ces voix ; mais plutôt le degré et la hauteur d'un certain la sublimité morale, l'instinct de l'héroïsme, du sacrifice - et enfin un besoin positif et habituel de culture, préparé par une éducation propre, laquelle éducation, comme je l'ai dit précédemment, est avant tout obéissance et soumission à la discipline du génie. Mais de cette discipline et de cette soumission, les institutions actuelles appelées par courtoisie « établissements d'enseignement » ne savent rien du tout, même si je n'ai aucun doute que l'école publique était initialement destinée à être une institution destinée à semer les graines d'une véritable culture, ou du moins Je ne doute pas non plus qu'ils aient fait les premiers pas audacieux dans les temps merveilleux et émouvants de la Réforme, et qu'après, à l'époque qui a donné naissance à Schiller et Goethe, il y eut à nouveau un essor croissant. demande de culture, comme la première protubérance de cette aile dont parle Platon dans le *Phèdre*, qui, à chaque contact avec le beau, entraîne l'âme vers les régions supérieures, les habitations des dieux.

" Ah, " commença le compagnon du philosophe, " quand vous citez le divin Platon et le monde des idées, je ne pense pas que vous m'en vouliez, si bien que mon propos précédent ait mérité votre désapprobation et votre colère. Dès que vous parlez de celui-ci, je sens cette aile platonicienne s'élever en moi ; et ce n'est que par intervalles, lorsque j'agis comme le conducteur de mon âme, que j'ai quelque difficulté avec le cheval résistant et réticent que Platon nous a aussi décrit, le « cheval » animal tortueux et lourd, dressé n'importe comment, avec un cou court et épais ; à face plate et de couleur sombre, avec des yeux gris et un teint rouge sang ; la compagne de l'insolence et de l'orgueil, aux oreilles hirsutes et sourde, cédant à peine fouetter ou éperonner. 8. Songe combien de temps j'ai vécu loin de toi, et combien toutes ces tentations dont tu parles ont essayé de m'attirer, non peut-être sans quelque succès, même si je ne m'en étais pas aperçu moi-même. plus clairement que jamais la nécessité d'une institution qui nous permette de vivre et de nous mêler aux quelques hommes de vraie culture, afin que nous puissions les avoir comme dirigeants et comme étoiles directrices. Comme je ressens profondément le danger de voyager seul ! Il m'est venu à l'esprit que je pouvais me sauver par la fuite de tout contact avec l'esprit du temps, j'ai découvert que cette fuite elle-même n'était qu'une simple illusion. Continuellement, à chaque respiration, une partie de cette atmosphère circule dans chaque veine et artère, et aucune solitude n'est assez solitaire ou lointaine pour que nous soyons hors de portée de ses brouillards et de ses nuages. Que ce soit sous l'apparence de l'espoir, du doute, du profit ou de la vertu, les ombres de cette culture planent autour de nous ; et nous avons été trompé par cette jonglerie même ici en présence d'un véritable ermite de la culture. Avec quelle fermeté et quelle fidélité les quelques adeptes de cette culture – que l'on pourrait presque qualifier de sectaire – doivent-ils être toujours en alerte ! Comme ils doivent se fortifier et se soutenir mutuellement ! Avec quelle critique toute erreur serait ici critiquée et avec quelle sympathie on l'excuserait ! Et ainsi, professeur, je vous demande de me pardonner, après avoir travaillé avec tant d'ardeur pour me mettre sur le bon chemin ! »

" Vous utilisez un langage qui ne me plaît pas, mon ami, " dit le philosophe, " et qui me rappelle une conférence diocésaine. Cela ne m'intéresse pas. Mais votre cheval platonicien me plaît, et à cause de lui tu seras pardonné. Je suis prêt à échanger mon animal contre le tien. Mais il fait froid et je n'ai plus envie de me promener en ce moment. L'ami que j'attendais est en effet assez fou pour venir. ici même à minuit s'il avait promis de le faire. Mais j'ai attendu en vain le signal convenu et je ne peux pas deviner ce qui l'a retardé. Car en règle générale, il est ponctuel, comme nous, les vieillards, avons l'habitude de l'être. quelque chose que vous, les jeunes gens, considérez aujourd'hui comme démodé. Mais il m'a laissé tomber pour une fois : comme c'est ennuyeux ! Venez avec moi ! Il est temps de partir !

A ce moment, quelque chose s'est produit.

NOTES DE BAS DE PAGE :

[6] Il ressort de ces paroles que Nietzsche est encore sous l'influence de Schopenhauer. — TR.

[7] Cette prophétie s'est réalisée. — TR.

[8ème] *Phèdre* ; Traduction de Jowett.

CINQUIÈME CONFÉRENCE.

(*Livré le 23 mars 1872.*)

MESDAMES ET MESSIEURS , Si vous avez prêté une oreille compatissante à ce que je vous ai raconté sur la discussion passionnée de notre philosophe dans le calme de cette nuit mémorable, vous avez dû être aussi déçu que nous lorsqu'il a annoncé son intention maussade. Vous vous souviendrez qu'il nous avait soudain dit qu'il voulait y aller ; car, ayant été d'abord laissé en plan par son ami, et, d'autre part, ayant été ennuyé plutôt qu'animé par les remarques que lui adressaient son compagnon et lui-même en marchant d'avant en arrière sur le flanc de la colline, il Il voulait apparemment mettre un terme à ce qui lui paraissait une discussion inutile. Il devait lui sembler que sa journée était perdue et il aurait voulu l'effacer de sa mémoire, ainsi que le souvenir d'avoir jamais fait notre connaissance. Et nous nous préparions ainsi à partir, à contrecœur, quand quelque chose d'autre l'arrêta brusquement, et le pied qu'il venait de lever retomba avec hésitation sur le sol.

Une flamme colorée, crépitant pendant quelques secondes, attira notre attention du côté du Rhin ; et immédiatement après, nous entendîmes un appel lent et harmonieux, tout à fait juste, quoique clairement le cri de nombreuses voix de jeunesse. "C'est son signal", s'écria le philosophe, "donc mon ami arrive vraiment, et je n'ai finalement rien attendu. Ce sera bien une réunion de minuit, mais comment lui faire savoir que je suis toujours là." venez ! Vos pistolets ; voyons encore une fois votre talent ! Avez-vous entendu le rythme sévère de cette mélodie qui nous salue ? Marquez-le bien, et répondez-y au même rythme par une série de coups de feu.

C'était une tâche bien adaptée à nos goûts et à nos capacités ; nous chargeâmes donc le plus vite possible et pointâmes nos armes vers les étoiles brillantes du ciel, tandis que l'écho de ce cri perçant s'éteignait au loin. Les détonations des premier, deuxième et troisième coups de feu retentirent brusquement dans le silence ; et alors le philosophe s'écria : « Mauvais moment ! car notre rythme fut brusquement interrompu : car, comme un éclair, une étoile filante déchira les nuages après le troisième coup, et presque involontairement nos quatrième et cinquième coups furent envoyés après elle dans la direction qu'elle avait prise.

"Mauvais moment!" dit encore le philosophe, qui vous a dit de tirer sur les étoiles ! Elles peuvent tomber assez bien sans vous ! Les gens devraient savoir ce qu'ils veulent avant de commencer à manier les armes.

Et puis nous entendîmes à nouveau cette mélodie forte des eaux du Rhin, entonnée par des voix nombreuses et fortes. « Ils nous comprennent, dit le philosophe en riant, et qui pourrait résister quand un fantôme aussi éblouissant se présente à portée de main ? "Faire taire!" interrompit son ami, quelle sorte de compagnie peut-il y avoir qui nous renvoie le signal de cette manière ? Je devrais dire qu'il y avait entre vingt et quarante voix fortes et viriles dans cette foule - et d'où viendrait un tel nombre pour nous saluer ? Ils ne semblent pas encore avoir quitté la rive opposée du Rhin ; mais il faut en tout cas les observer de notre côté du fleuve. Venez vite !

Nous nous trouvions alors près du sommet de la colline, vous vous en souvenez peut-être, et notre vue sur la rivière était interrompue par un bois sombre et épais. D'un autre côté, comme je vous l'ai dit, du petit coin tranquille que nous avions quitté, nous pouvions avoir une meilleure vue que du petit plateau à flanc de colline ; et le Rhin, avec l'île de Nonnenwörth au milieu, était à peine visible pour le spectateur qui regardait par-dessus la cime des arbres. Nous nous dirigeons donc précipitamment vers ce petit coin, en prenant soin cependant de ne pas aller trop vite pour le confort du philosophe. La nuit était complètement noire et nous semblions trouver notre chemin par instinct plutôt que par une distinction claire du chemin, alors que nous marchions avec le philosophe au milieu.

Nous avions à peine atteint notre rive du fleuve qu'une lumière large et ardente, mais terne et incertaine, jaillit, qui venait manifestement de l'autre rive du Rhin. « Ce sont des torches, m'écriai-je, il n'y a rien de plus sûr que mes camarades de Bonn sont là-bas, et que votre ami doit être avec eux. Ce sont eux qui ont chanté cette chanson particulière, et ils ont sans doute accompagné votre ami. Ici... Voyez ! Écoutez ! Ils s'embarquent dans des petites barques. Toute la procession aux flambeaux sera arrivée ici dans moins d'une demi-heure.

Le philosophe recula. "Que dites-vous?" s'écria-t-il, vos camarades de Bonn, étudiants, mon ami peut-il être venu ici avec *des étudiants* ?

Cette question, posée presque avec colère, nous a provoqués. "Quelle est votre objection envers les étudiants ?" avons-nous demandé ; mais il n'y eut pas de réponse. Ce n'est qu'après une pause que le philosophe commença lentement à parler, ne s'adressant pas à nous directement, mais plutôt à quelqu'un de loin : « Ainsi, mon ami, même à minuit, même au sommet d'une montagne solitaire, nous ne serons pas seuls, et vous entraînez vous-même avec vous une bande d'étudiants malfaiteurs, même si vous savez bien que je suis trop heureux de m'écarter du chemin du genre omne... Je ne vous comprends pas *bien* . , mon ami : cela doit signifier quelque chose lorsque nous nous donnons rendez-vous après une longue séparation dans un endroit si éloigné et à une heure si inhabituelle. Pourquoi aurions-nous besoin d'une foule de témoins — et de tels témoins ! que nous soyons ensemble aujourd'hui n'est pas avant tout une nécessité sentimentale et tendre, car nous avons tous deux appris très tôt à vivre seuls dans un isolement digne. Ce n'était pas pour notre propre bien, pour ne pas montrer nos tendres sentiments l'un envers l'autre . ou pour accomplir un acte d'amitié inopiné, que nous avons décidé de nous rencontrer ici, mais qu'ici, où je vous ai soudainement rencontré alors que vous étiez assis dans une majestueuse solitude, nous pourrions sérieusement délibérer les uns avec les autres comme des chevaliers d'un ordre nouveau. Qu'ils nous écoutent, ceux qui peuvent nous comprendre ; mais pourquoi amèneriez-vous avec vous une foule de gens qui ne nous comprennent pas ! Je ne sais pas ce que tu veux dire par une telle chose, mon ami ! »

Nous n'avons pas jugé bon d'interrompre le vieux râleur mécontent ; et tandis qu'il s'achevait mélancoliquement, nous n'osions pas lui dire combien cette répudiation méfiante des étudiants nous contrariait.

Finalement, le compagnon du philosophe se tourna vers lui et lui dit : « Je me souviens que vous-même, à une certaine époque, avant que je fasse votre connaissance, avez occupé des postes dans plusieurs universités, et que des rapports concernant vos relations avec les étudiants et vos méthodes de l'enseignement de l'époque circulent encore. Au ton de résignation avec lequel vous venez de parler des étudiants, beaucoup seraient enclins à penser que vous avez vécu des expériences particulières qui ne vous plaisaient pas du tout; mais personnellement, je crois plutôt que vous que vous avez vu et éprouvé dans de tels lieux exactement ce que tout le monde y a vu et éprouvé, mais que vous avez jugé ce que vous avez vu et ressenti plus justement et plus sévèrement que quiconque, car, depuis que je vous connais, j'ai appris que le Les expériences et événements les plus remarquables, instructifs et décisifs de la vie d'une personne sont ceux qui se produisent quotidiennement ; que la plus grande énigme, exposée à la vue de tous, est considérée par le plus petit nombre comme la plus grande énigme, et que ces problèmes se propagent dans toutes les directions, sous les pieds mêmes des passants, pour que les quelques vrais philosophes les soulèvent avec précaution, puis brillent comme des diamants de sagesse. Peut-être, dans le peu de temps qui nous reste avant l'arrivée de votre ami, aurez-vous la bonté de nous raconter quelques mots de vos expériences de vie universitaire, afin de fermer le cercle des observations auxquelles nous avons été involontairement poussés, en nous respectant. les établissements d'enseignement. Il nous sera peut-être également permis de vous rappeler que vous m'aviez promis, plus tôt dans votre discours, que vous le feriez. En commençant par l'école publique, vous lui avez revendiqué une importance extraordinaire : toutes les autres institutions doivent être jugées d'après ses normes, selon le but qui a été proposé ; et si son objectif s'avère erroné, tous les autres doivent en souffrir. Une telle importance ne peut désormais être adoptée par les universités comme une norme ; car, selon leur système actuel de regroupement, ils ne seraient rien d'autre que des institutions où les élèves des écoles publiques pourraient terminer leurs cours. Vous m'avez promis de vous expliquer cela plus en détail plus tard : peut-être que nos amis étudiants pourront en témoigner, s'ils ont la chance d'entendre cette partie de notre conversation.

" Nous pouvons en témoigner ", ai-je ajouté. Le philosophe se tourna alors vers nous et dit : " Eh bien, si vous avez vraiment écouté attentivement, peut-être pourriez-vous maintenant me dire ce que vous entendez par l'expression " le but actuel de notre public ". écoles.' En outre, vous êtes encore suffisamment proche de cette sphère pour juger mes opinions à l'aune de vos propres impressions et expériences. »

Mon ami répondit aussitôt, vite et intelligemment, comme à son habitude, dans les mots suivants : « Jusqu'à présent, nous avions toujours pensé que le seul but de l'école publique était de préparer les étudiants aux universités. Cette préparation devrait cependant tendre à nous rendent suffisamment indépendants pour la position extraordinairement libre d'un étudiant universitaire, [9] car il me semble qu'un étudiant, plus que tout autre individu, a plus à décider et à régler par lui-même. un parcours large et totalement inconnu depuis de nombreuses années, l'école publique doit donc faire de son mieux pour le rendre indépendant.

Je repris l'argumentation là où mon ami s'était arrêté. « Il me semble même, dis-je, que tout ce que vous avez à juste titre reproché à l'école publique n'est qu'un moyen nécessaire employé pour donner au jeune étudiant une sorte d'indépendance. ou en tout cas avec la conviction que cela existe. L'enseignement de la composition allemande doit être au service de cette indépendance : l'individu doit jouir tôt de ses opinions et réaliser ses desseins, afin de pouvoir voyager seul. et sans béquilles. De cette façon, il sera bientôt encouragé à produire des travaux originaux, et plus tôt encore à se lancer dans la critique et l'analyse. Si les études latines et grecques s'avèrent insuffisantes pour faire d'un étudiant un admirateur enthousiaste de l'Antiquité, les méthodes avec lesquelles de telles études sont en tout cas suffisants pour éveiller le sens scientifique, le désir d'une causalité plus stricte de la connaissance, la passion de découvrir et d'inventer. Pensez seulement combien de jeunes hommes peuvent être attirés à jamais vers les attraits de la science par un une nouvelle lecture qu'ils ont arrachée entre de jeunes mains à l'école publique ! L'élève de l'école publique doit apprendre et collecter une grande quantité d'informations variées : c'est ainsi qu'une impulsion se créera progressivement, accompagnée de laquelle il continuera à apprendre et à collecter de manière indépendante à l'université. Nous croyons, en bref, que le but de l'école publique est de préparer et d'habituer l'élève à toujours vivre et apprendre de manière indépendante par la suite, tout comme il doit auparavant vivre et apprendre de manière dépendante à l'école publique.

Le philosophe rit, pas tout à fait aimable, et dit : « Vous venez de me donner un bel exemple de cette indépendance. Et c'est cette indépendance même qui me choque tant et qui fait toute sa place dans le quartier des étudiants d'aujourd'hui. si désagréable pour moi. Oui, mes bons amis, vous êtes parfaits, vous êtes mûrs ; la nature vous a jeté et brisé les moules, et vos professeurs doivent sûrement se réjouir de vous. Quelle liberté, quelle certitude et quelle indépendance de jugement ; quelle nouveauté et la fraîcheur de la perspicacité ! Vous jugez - et les cultures de tous les âges s'enfuient. Le sens scientifique s'allume et s'élève en vous comme une flamme - que les gens soient prudents, lisez-les, allumez-les ! Si je vais plus loin dans posez la question et regardez vos professeurs, je retrouve la même indépendance à un degré plus grand et plus charmant encore : jamais il n'y a eu une époque aussi peuplée des plus sublimes indépendants, jamais l'esclavage n'a été plus détesté, y compris l'esclavage de l'éducation et de la culture. .

"Permettez-moi cependant de mesurer votre indépendance à l'aune de cette culture et de considérer votre université comme un établissement d'enseignement et rien d'autre. Si un étranger désire connaître quelque chose des méthodes de nos universités, il demande d'abord à le tout en insistant sur la question : « Comment l'étudiant est-il lié à l'université ? » Nous répondons : « Par l'oreille, en tant qu'auditeur ». L'étranger s'étonne : « Seulement par l'oreille ? "Seulement par l'oreille", répondons-nous encore. L'étudiant entend. Quand il parle, quand il voit, quand il est en compagnie de ses compagnons, quand il s'initie à quelque branche de l'art : bref, quand il vit . il est indépendant, *c'est-* à-dire qu'il ne dépend pas de l'établissement d'enseignement. L'étudiant écrit très souvent quelque chose pendant qu'il l'écoute et ce n'est qu'à ces rares moments qu'il s'accroche au cordon ombilical de son alma mater. Il peut lui-même choisir ce qu'il veut. écouter, il n'est pas obligé de croire ce qu'on dit, il peut se boucher les oreilles s'il ne veut pas entendre : c'est la méthode d'enseignement « acroamatique ».

"Le professeur, cependant, s'adresse à ces étudiants qui écoutent. Tout ce qu'il pense et fait d'autre est coupé de la perception de l'étudiant par un immense fossé. Le professeur lit souvent lorsqu'il parle. En règle générale, il souhaite avoir autant d'auditeurs que possible. possible, il ne se contente pas d'en avoir quelques-unes, et il ne se contente jamais d'une seule. Une bouche qui parle, avec de nombreuses oreilles et deux fois moins de mains qui écrivent : voilà, selon toute apparence, l'appareil académique extérieur ; l'université. Le moteur de la culture est mis en mouvement. De plus, le propriétaire de cette bouche unique est séparé et indépendant des propriétaires des nombreuses oreilles, et cette double indépendance est désignée avec enthousiasme comme « liberté académique ». Et encore, pour que cette liberté s'étende encore davantage, l'un peut parler ce qu'il veut et l'autre entendre ce qu'il veut ; sauf que derrière eux, à une distance modeste, se tient l'État, avec toute l'intensité de son désir. un superviseur, pour rappeler de temps en temps aux professeurs et aux étudiants que *c'est* le but, le but, le but ultime de cette curieuse procédure de parole et d'audition.

"Nous, qui devons être autorisés à considérer ce phénomène comme une simple institution d'enseignement, dirons alors à l'étranger curieux que ce qu'on appelle "culture" dans nos universités ne fait que passer de la bouche à l'oreille et que toute forme de formation culturelle est, comme je l'ai déjà dit, simplement « acroamatique ». Cependant, étant donné que non seulement l'audition, mais aussi le choix de ce qu'il entendra, sont laissés à la décision indépendante de l'étudiant à l' esprit libéral et sans préjugés, et que, là encore, il peut refuser toute croyance et toute autorité à ce qu'il entend, tout la formation à la culture, au vrai sens du terme, revient à lui-même ; et l'indépendance qu'on croyait souhaitable de viser dans l'école publique se présente maintenant avec le plus grand orgueil comme une « auto-formation académique à la culture » et se pavane environ dans son plumage brillant.

« Des temps heureux, où les jeunes sont assez intelligents et cultivés pour apprendre à marcher par eux-mêmes ! Des écoles publiques inégalables, qui réussissent à implanter l'indépendance à la place de la dépendance, de la discipline, de la subordination et de l'obéissance implantées par les générations précédentes qui pensaient que c'était leur devoir. pour chasser toute la prétention de l'indépendance ! Voyez-vous bien, mes bons amis, pourquoi, du point de vue de la culture, je considère le type actuel d'université comme un simple appendice de l'école publique ? La culture inculquée par l'école publique passe franchit les portes de l'Université comme quelque chose de prêt, d'entier et avec ses propres prétentions particulières : *elle* exige, elle donne des lois, elle juge. Ne vous laissez donc pas tromper à l'égard de l'étudiant cultivé ; car lui, dans la mesure où il pense avoir absorbé les bienfaits de l'éducation, n'est que l'écolier public façonné par les mains de son professeur : celui qui, depuis son isolement académique et après avoir quitté l'école publique, a donc été privé de toute orientation ultérieure vers la culture, afin qu'il puisse désormais commencer à vivre seul et à être libre.

"Libre ! Examinez cette liberté, vous observateurs de la nature humaine ! Érigé sur les fondations sablonneuses et en ruine de notre culture scolaire publique actuelle, son bâtiment s'incline d'un côté, tremblant devant le souffle du tourbillon. Regardez l'étudiant libre, le héraut de soi. -culture : devinez quels sont ses instincts ; expliquez-le à partir de ses besoins ! Comment vous apparaît sa culture lorsque vous la mesurez par trois échelles graduées : premièrement, par son besoin de philosophie ; deuxièmement, par son instinct pour l'art ; et troisièmement, par l'Antiquité grecque et romaine comme impératif catégorique incarné de toute culture ?

« L'homme est tellement préoccupé par les problèmes les plus sérieux et les plus difficiles que, lorsqu'ils sont portés à son attention de la bonne manière, il est poussé de bonne heure vers une sorte d'émerveillement philosophique durable, à partir duquel seul, comme un sol fécond, un Une culture profonde et noble peut se développer. Ses propres expériences le conduisent le plus souvent à la réflexion sur ces problèmes, et c'est surtout dans la période tumultueuse de la jeunesse que tout événement personnel brille d'une double lueur, à la fois comme l'exemple d'une trivialité et comme l'exemple d'une trivialité et d'une autre. , en même temps, d'un problème éternellement surprenant, qui mérite d'être expliqué. À cet âge, qui voit ses expériences comme entourées d'arcs-en-ciel métaphysiques, l'homme a au plus haut degré besoin d'une main qui le guide, car il s'est soudain et presque instinctivement convaincu de l'ambiguïté de l'existence et a perdu le ferme soutien des croyances dont il était jusqu'ici le héros.

« Cet état naturel de grand besoin doit bien sûr être considéré comme le pire ennemi de cette indépendance bien-aimée à laquelle la jeunesse cultivée d'aujourd'hui devrait être formée. Tous ces fils du présent, qui ont brandi l'étendard du « moi » « compris », mettent donc tous leurs nerfs à rude épreuve pour écraser ces sentiments de jeunesse, les paralyser, les induire en erreur ou arrêter complètement leur croissance ; et le moyen préféré employé est de paralyser cette impulsion philosophique naturelle par ce qu'on appelle « culture historique. » Un système encore récent [10] , qui s'est acquis une réputation scandaleuse dans le monde entier, a découvert la formule de cette autodestruction de la philosophie ; et maintenant, partout où se trouve la vision historique des choses, nous pouvons Il y a une telle insouciance naïve à ramener l'irrationnel à la « rationalité » et à la « raison » et à faire ressembler le noir au blanc, qu'on est même enclin à parodier la phrase de Hegel et à se demander : « Toute cette irrationalité est-elle réelle ? Ah, seul l'irrationnel semble désormais « réel », *c'est-à-dire* faire réellement quelque chose ; et mettre en avant ce genre de réalité pour l'élucidation de l'histoire est considéré comme une véritable « culture historique ». C'est là que s'est développée l'impulsion philosophique de notre temps, et les philosophes particuliers de nos universités semblent avoir conspiré pour y fortifier et y confirmer les jeunes académiciens.

« Il est ainsi arrivé qu'au lieu d'une interprétation profonde des problèmes éternellement récurrents, un équilibrage et un questionnement historique – oui, même philologique – est entré dans le domaine de l'éducation : ce que tel ou tel philosophe a ou n'a pas pensé ; si tel ou tel essai ou tel dialogue doit lui être attribué ou non, ou même si telle lecture particulière d'un texte classique doit être préférée à telle autre. C'est à de telles préoccupations neutres de philosophie que nos étudiants des séminaires philosophiques sont stimulés. C'est pourquoi je me suis habitué depuis longtemps à considérer cette science comme une simple ramification de la philologie, et à estimer ses représentants selon qu'ils sont de bons ou de mauvais philologues. Il est donc arrivé que la philosophie elle-même soit bannie des universités : ce qui fait que *notre* premier La question de la valeur de nos universités du point de vue culturel est résolue.

"La relation entre ces universités et *l'art* ne peut être reconnue sans honte : aucune. De pensée artistique, d'apprentissage, d'effort et de comparaison, nous n'y trouvons pas une seule trace ; et personne ne penserait sérieusement que la voix des universités seraient jamais créées pour contribuer à l'avancement des projets nationaux supérieurs d'art. Qu'un professeur individuel se sente personnellement qualifié pour l'art, ou qu'une chaire professorale ait été créée pour la formation d'historiens de la littérature esthéticiens, n'a aucune importance. n'entre pas du tout dans la question : il n'en reste pas moins que l'université n'est pas en mesure de contrôler le jeune académicien par une discipline artistique sévère, et qu'elle doit laisser arriver ce qui arrive, bon gré mal gré - et c'est la réponse tranchante aux critiques impudiques . Prétentions des universités à se présenter comme les établissements d'enseignement les plus élevés.

« Nous voyons nos universitaires « indépendants » grandir sans philosophie et sans art ; et comment peuvent-ils alors avoir besoin de « se mettre à la place » des Grecs et des Romains ? – car nous n'avons plus besoin de prétendre, comme nos ancêtres, avoir aucune grande estime pour la Grèce et Rome, qui trônent d'ailleurs dans une solitude presque inaccessible et une aliénation majestueuse. Les universités d'aujourd'hui ne prêtent donc aucune attention à de telles prédilections éducatives presque éteintes et fondent leurs chaires de philologie pour la formation de nouveaux des générations uniques et exclusives de philologues, qui, de leur côté, donnent une préparation philologique similaire dans les écoles publiques — cercle vicieux qui n'est utile ni aux philologues ni aux écoles publiques, mais qui accuse surtout pour la troisième fois l'université de ne pas être ce qu'elle est. Elle se présente pompeusement comme un terrain d'entraînement pour la culture. Oubliez les Grecs, ainsi que la philosophie et l'art, et par quelle échelle vous reste-t-il encore pour monter à la culture ? Car, si vous tentez de gravir les échelons sans ces aides, permettez-moi de vous informer que tout votre savoir reposera comme un lourd fardeau sur vos épaules plutôt que de vous fournir des ailes et de vous porter en haut.

"Si vous, penseurs honnêtes, êtes restés honorablement dans ces trois degrés d'intelligence et avez compris que, comparé aux Grecs, l'étudiant moderne est inapte et non préparé à la philosophie, qu'il n'a pas d'instincts véritablement artistiques et qu'il n'est qu'un barbare. se croyant libre, vous ne vous détournerez pas de lui avec dégoût pour cette raison, bien que vous éviterez bien sûr de vous approcher trop près de lui, car tel qu'il est maintenant, il n'est pas à blâmer : *comme* vous l'avons perçu, il est l'accusateur muet mais terrible des coupables.

"Vous devriez comprendre le langage secret parlé par cet innocent coupable, et alors vous aussi, vous apprendriez à comprendre l'état intérieur de cette indépendance qui se manifeste extérieurement avec tant d'ostentation. Aucun de ces jeunes nobles et bien qualifiés n'est resté étranger à ce besoin de culture agité, fatigant, déroutant et débilitant : pendant son cursus universitaire, alors qu'il est apparemment le seul homme libre parmi une foule de serviteurs et de fonctionnaires, il expie cette immense illusion de liberté en grandissant intérieurement. des doutes et des convictions. Il sent qu'il ne peut ni se diriger ni s'aider lui-même ; puis il se plonge désespérément dans le monde du travail et finit par conjurer de tels sentiments par l'étude. L'agitation la plus insignifiante s'accroche à lui ; il sombre sous son lourd fardeau. Puis il se ressaisit brusquement ; il sent encore en lui un peu de cette puissance qui lui aurait permis de garder la tête hors de l'eau. L'orgueil et les nobles résolutions s'affirment et grandissent en lui. Il a peur de sombrer à ce stade précoce dans le les limites d'une profession étroite; et maintenant il s'agrippe aux piliers et aux balustrades le long du ruisseau pour ne pas être emporté par le courant. En vain! car ces supports cèdent, et il découvre qu'il s'est agrippé à des roseaux brisés. D'humeur déprimée et découragée, il voit ses projets s'envoler en fumée. Son état est ignoré, voire effroyable : il oscille entre les deux extrêmes d'un travail à haute pression et d'un état d'énervement mélancolique. Puis il devient fatigué, paresseux, effrayé du travail, effrayé de tout ce qui est grand ; et se détester. Il regarde dans son propre sein, analyse ses facultés et découvre qu'il ne regarde que dans une vacuité creuse et chaotique. Et puis il retombe une fois de plus du haut de sa connaissance de soi tant désirée dans un scepticisme ironique. Il dépouille ses luttes de leur réelle importance et se sent prêt à entreprendre n'importe quelle classe de travail utile, si dégradant soit-il. Il cherche désormais une consolation dans une action précipitée et incessante pour se cacher de lui-même. Et ainsi son impuissance et le besoin d'un guide vers la culture le poussent d'une forme de vie à une autre : mais le doute, l'élévation, l'inquiétude, l'espoir, le désespoir - tout le jette çà et là comme une preuve que toutes les étoiles au-dessus de lui par lesquelles il aurait pu guider son navire.

« Voilà le tableau de votre glorieuse indépendance, de cette liberté académique, reflétée dans les esprits les plus élevés, ceux qui ont vraiment besoin de culture, auprès desquels cette autre foule de natures indifférentes ne compte pas du tout, des natures qui Ils se réjouissent de leur liberté dans un sens purement barbare. Car ces derniers montrent par leur basse suffisance et leurs étroites limitations professionnelles que c'est l'élément qui leur convient : contre lequel il n'y a rien à dire. Leur confort, cependant, ne contrecarre pas équilibrez la souffrance d'un seul jeune homme qui a un penchant pour la culture et ressent le besoin d'être guidé, et qui finalement, dans un moment de mécontentement, jette les rênes et commence à se mépriser. car qui lui a imposé le fardeau insupportable de rester seul ? Qui l'a poussé à l'indépendance à un âge où l'un des besoins les plus naturels et les plus impératifs de la jeunesse est, pour ainsi dire, l'abandon de soi aux grands dirigeants et à un enthousiasme enthousiaste. sur les traces des maîtres ?

"Il est répugnant de considérer les effets que peut conduire la répression violente de natures aussi nobles. Celui qui examine les plus grands partisans et amis de cette pseudo-culture du temps présent, que je déteste tant, ne trouvera que trop souvent parmi eux Ce sont des hommes de culture dégénérés et naufragés, poussés par un désespoir intérieur à une violente inimitié contre la culture, alors que, dans un moment de désespoir, il n'y avait personne pour leur montrer comment y parvenir. que nous retrouvons ensuite agissant comme journalistes et écrivains de presse dans la métamorphose du désespoir : l'esprit de certains hommes de lettres bien connus pourrait même être décrit, et à juste titre, comme un étudiant dégénéré. Comment autrement, par exemple, pouvons-nous concilier cela "Jeune Allemagne" autrefois bien connue et ses successeurs dégénérés actuels ? Nous découvrons ici un besoin de culture qui, pour ainsi dire, s'est mutiné et qui finit par éclater dans le cri passionné : Je suis la culture ! Là, devant les portes des écoles et universités publiques, nous pouvons voir la culture qui a été chassée comme un fugitif loin de ces institutions. Cette culture, il est vrai, n'a pas l'érudition de ces établissements, mais elle revêt néanmoins l'allure d'un souverain ; de sorte que, par exemple, le romancier Gutzkow pourrait être cité comme le meilleur exemple d'un écolier moderne devenu esthète. Un homme de culture aussi dégénéré est une affaire sérieuse, et c'est un spectacle horrible pour nous de voir que toute notre publicité scientifique et journalistique porte sur elle les stigmates de cette dégénérescence. Comment pourrions-nous rendre justice à nos érudits, qui prêtent une attention infatigable à la corruption journalistique du peuple, et même coopèrent à celle-ci, sinon en reconnaissant que leur savoir doit combler un besoin qui leur est propre, semblable à celui que comble par l'écriture de romans dans le cas des autres : *c'est-à-dire* une fuite de soi-même, une extirpation ascétique de leurs pulsions culturelles, une tentative désespérée d'anéantir leur propre individualité. De notre art littéraire dégénéré, comme aussi de cette envie de gribouillage de nos savants qui a atteint aujourd'hui des proportions si alarmantes, jaillit le même soupir : Oh que nous puissions nous oublier ! La tentative échoue : la mémoire, pas encore étouffée par les montagnes de papier imprimé sous lesquelles elle est ensevelie, ne cesse de répéter de temps en temps : « Un homme de culture dégénéré ! Né pour la culture et élevé dans la non-culture ! Barbare impuissant, esclave du jour, enchaîné au moment présent et assoiffé de quelque chose – toujours assoiffé !

"Oh, les misérables coupables innocents ! Car il leur manque quelque chose, un besoin que chacun d'eux a dû ressentir : une véritable institution éducative, qui pourrait leur donner des buts, des maîtres, des méthodes, des compagnons ; et au milieu de laquelle les vivifiants et Le souffle édifiant du véritable esprit allemand les inspirerait. Ainsi ils périssent dans le désert ; ainsi ils dégénèrent en ennemis de cet esprit qui est au fond étroitement lié au leur ; ainsi ils accumulent faute sur faute plus haut qu'aucune génération précédente ne l'a jamais fait. souillant ce qui est pur, profanant ce qui est sacré, canonisant ce qui est faux et faux, c'est par eux que vous pouvez juger de la force éducative de nos universités, en vous posant très sérieusement la question : quelle cause avez-vous promue à travers elles ? d'invention, le noble désir allemand de connaissance, la qualification de l'Allemand pour le travail et le sacrifice de soi - des choses splendides et belles que les autres nations vous envient ; oui, les choses les plus belles et les plus magnifiques du monde, ne serait-ce que ce véritable Allemand l'esprit les recouvrit comme un sombre nuage d'orage, riche de la bénédiction de la pluie à venir. Mais vous avez peur de cet esprit, et il est donc arrivé qu'un nuage d'une autre sorte ait jeté autour de vos universités une atmosphère lourde et oppressante, dans laquelle vos nobles savants respirent difficilement et avec difficulté.

« Une tentative tragique, sérieuse et instructive a été faite au cours du siècle présent pour détruire le nuage dont j'ai parlé la dernière fois, et aussi pour tourner les regards du peuple vers le haut degré de l'esprit allemand. Dans toutes nos annales Dans les universités, nous ne trouvons aucune trace d'une seconde tentative, et celui qui démontrerait de manière impressionnante ce qui nous est maintenant nécessaire ne trouvera jamais de meilleur exemple. Je me réfère à la vieille *fraternité* primitive. [11]

"Une fois la guerre de libération terminée, le jeune étudiant rapporta chez lui le trophée de bataille le plus inattendu et le plus digne : la liberté de sa patrie. Couronné de ce laurier, il pensa à quelque chose de plus noble encore. De retour à l'université, et trouvant qu'il respirait difficilement, il prit conscience de cet air oppressant et contaminé qui planait sur la culture de l'université. Il vit soudain, les yeux grands ouverts, horrifiés, la barbarie non allemande, se cachant sous l'apparence de tous. sortes de scolastiques ; il découvrit soudain que ses propres camarades sans chef étaient abandonnés à une sorte d'ivresse juvénile repoussante. Et il fut exaspéré. Il se leva avec le même air d'indignation fière que Schiller pouvait avoir en récitant les Voleurs à ses compagnons : et s'il avait fait préfacer son drame avec l'image d'un lion et la devise « in tyrannos », son disciple lui-même était ce lion même qui se préparait à bondir, et chaque « tyran » se mettait à trembler. Oui, si l'on regardait ces jeunes indignés D'un point de vue superficiel et craintif, ils semblent n'être rien d'autre que les voleurs de Schiller : leurs propos semblaient si sauvages à l'auditeur anxieux que Rome et Sparte semblaient de simples couvents comparés à ces nouveaux esprits. La consternation soulevée par ces jeunes gens était en effet bien plus générale que celle jamais provoquée par ces autres « voleurs » dans les milieux de la cour, dont un prince allemand, selon Goethe, aurait exprimé l'opinion : « S'il avait été Dieu, et s'il avait prévu l'apparition des *voleurs*, il n'aurait pas créé le monde.

" D'où venait l'intensité incompréhensible de cette alarme ? Car ces jeunes gens étaient les plus courageux, les plus purs et les plus talentueux de la bande, tant par l'habillement que par les habitudes : ils se distinguaient par une magnanime insouciance et une noble simplicité. Un ordre divin les liait ensemble. à rechercher une supériorité plus dure et plus pieuse : que pouvait-on craindre d'eux ? Dans quelle mesure cette peur était simplement trompeuse ou simulée ou réellement vraie, c'est quelque chose qu'on ne saura probablement jamais exactement ; mais un fort instinct s'exprimait à partir de cette peur et de sa persécution honteuse et insensée. Cet instinct haïssait la fraternité d'une haine intense pour deux raisons : d'abord à cause de son organisation, comme étant la première tentative de construction d'une véritable institution éducative, et, deuxièmement, à cause de l'esprit de cette institution, cet esprit allemand sérieux, viril, sévère et audacieux, cet esprit du fils du mineur, Luther, qui nous est parvenu sans interruption depuis l'époque de la Réforme.

"Pensez au *sort* de la fraternité lorsque je vous ai demandé : l'université allemande a-t-elle alors compris cet esprit, comme même les princes allemands dans leur haine semblent l'avoir compris ? L'alma mater a-t-elle hardiment et résolument jeté ses bras protecteurs autour de son noble fils et dites : « Vous devez d'abord me tuer, avant de toucher mes enfants ? J'entends votre réponse : c'est par elle que vous pourrez juger si l'université allemande est ou non un établissement d'enseignement.

" L'étudiant savait à cette époque à quelle profondeur une véritable institution éducative doit s'enraciner, à savoir dans une rénovation intérieure et une inspiration des facultés morales les plus pures. Et cela doit toujours être répété à l'honneur de l'étudiant. Il a peut-être appris sur le terrain. de la bataille ce qu'il pouvait apprendre le moins dans le domaine de la « liberté académique » : que de grands dirigeants sont nécessaires et que toute culture commence par l'obéissance. Et au milieu de la victoire, avec ses pensées tournées vers sa patrie libérée, il fit le vœu qu'il resterait Allemand. Allemand ! Tantôt il apprenait à comprendre son Tacite ; tantôt il comprenait la signification de l'impératif catégorique de Kant ; tantôt il se laissait captiver par les chants « Lyre et Épée » de Weber. [12] Les portes de la philosophie, de la L'art, oui, même l'Antiquité, s'ouvrit à lui ; et dans l'un des actes sanglants les plus mémorables, le meurtre de Kotzebue, il vengea, avec une perspicacité pénétrante et une myopie enthousiaste, son seul et unique Schiller, prématurément consumé par le opposition du monde stupide : Schiller, qui aurait pu être son chef, son maître et son organisateur, et dont il déplorait maintenant la perte avec un ressentiment si sincère.

"Car tel fut le sort de ces étudiants prometteurs : ils ne trouvèrent pas les dirigeants qu'ils voulaient. Ils devinrent peu à peu incertains, mécontents et en désaccord entre eux ; de malheureuses indiscrétions montrèrent trop vite que le caractère indispensable des esprits puissants manquait dans le au milieu d'eux : et, si ce meurtre mystérieux témoignait d'une force étonnante, il ne témoignait pas moins du grave danger qui résultait du manque de chef : ils étaient sans chef, c'est pourquoi ils périrent.

" Car je le répète, mes amis ! Toute culture commence par l'opposé de ce qui est aujourd'hui si hautement estimé comme la « liberté académique » : par l'obéissance, par la subordination, par la discipline, par la sujétion. Et comme les dirigeants doivent avoir des disciples, il en va de même pour les dirigeants. les adeptes doivent-ils avoir un chef - il y a ici une certaine prédisposition réciproque dans la hiérarchie des esprits : oui, une sorte d'harmonie préétablie. Cette hiérarchie éternelle, vers laquelle tendent naturellement toutes choses, est toujours menacée par cette pseudo-culture qui désormais trône sur le trône du présent. Elle finit soit par abaisser les dirigeants au niveau de sa propre servitude, soit par les chasser purement et simplement. Elle séduit les adeptes lorsqu'ils recherchent leur chef prédestiné et les vainc par les vapeurs de Cependant, lorsque, malgré tout cela, dirigeants et partisans se rencontrent enfin, blessés et endoloris, il y a un sentiment passionné de ravissement, comme l'écho d'une lyre qui résonne sans cesse, un sentiment que je peux vous laisser entendre. divin seulement au moyen d'une comparaison.

"Avez-vous déjà, lors d'une répétition musicale, observé l'espèce d'hommes étranges, ratatinés et bon enfant qui forment habituellement l'orchestre allemand ? Quels changements et quelles fluctuations voyons-nous dans cette "forme" capricieuse de déesse ! Quels nez et quelles oreilles , quels mouvements maladroits et *macabres de danse* ! Imaginez un instant que vous étiez sourd et que vous n'aviez jamais rêvé de l'existence du son ou de la musique, et que vous considériez l'orchestre comme une compagnie d'acteurs et essayiez d'apprécier leur performance. comme un drame et rien de plus. Sans être dérangé par l'effet idéalisant du son, on ne verra jamais assez le mouvement sévère et médiéval de coupe de bois de ce spectacle comique, cette parodie harmonieuse de l'homo *sapiens* .

"Maintenant, d'autre part, supposez que votre sens musical est revenu et que vos oreilles sont ouvertes. Regardez l'honnête chef d'orchestre qui remplit ses fonctions d'une manière ennuyeuse et sans esprit: vous n'y pensez plus. Vous entendez le côté comique de toute la scène, mais il vous semble que l'esprit d'ennui se répand chez l'honnête chef d'orchestre sur tous ses compagnons. Maintenant vous ne voyez plus que la torpeur et la mollesse, vous n'entendez que le trivial, le rythmiquement imprécis, et le mélodieusement banal : on ne voit l'orchestre que comme une foule de musiciens indifférents, de mauvaise humeur et même ennuyants.

"Mais mettez un génie, un vrai génie, au milieu de cette foule, et vous percevez instantanément quelque chose de presque incroyable. C'est comme si ce génie, dans sa transmigration fulgurante, était entré dans ces corps mécaniques et sans vie, et comme si seulement un œil démoniaque brillait parmi eux tous. Maintenant, regardez et écoutez - on n'écoutera jamais assez ! Quand vous observez à nouveau l'orchestre, tantôt haut et fort, tantôt gémissant avec ferveur, lorsque vous remarquez le resserrement rapide de chaque muscle et la nécessité rythmique de à chaque geste, alors vous sentirez vous aussi quelle harmonie préétablie il y a entre le chef et les suiveurs, et comment dans la hiérarchie des esprits tout nous pousse vers l'établissement d'une organisation semblable. Vous devinez par ma comparaison ce que j'entendrais par une véritable institution éducative, et c'est pourquoi je suis très loin d'en reconnaître une dans le type actuel d'université.

[De quelques MS. notes écrites par Nietzsche au printemps et à l'automne 1872, et toujours conservées dans les archives Nietzsche à Weimar, il est évident qu'il avait à un moment donné l'intention d'ajouter une sixième et une septième conférence aux cinq qui viennent de se donner. Ces notes, bien qu'incluses dans la dernière édition des œuvres de Nietzsche, manquent totalement d'intérêt et de continuité, n'étant que des titres et sous-titres de sections dans les conférences proposées. Ils n'occupent en effet pas plus de deux pages imprimées et ont été jugés trop fragmentaires pour être traduits dans cette édition.]

NOTES DE BAS DE PAGE :

[9] Il convient de rappeler au lecteur qu'un étudiant universitaire allemand est soumis à très peu de restrictions et qu'il lui est accordé une liberté bien plus grande que celle accordée aux étudiants anglais. Nietzsche n'approuvait pas cette liberté extraordinaire qui, à son avis, conduisait à l'anarchie intellectuelle. — TR.

[10] Hegel.— TR.

[11] Association d'étudiants allemands, de principes libéraux, fondée à des fins patriotiques à Iéna en 1813.

[12] Weber a mis en musique une ou deux des chansons "Lyre and Sword" de Körner. Le lecteur se souviendra que ces conférences furent prononcées alors que Nietzsche n'avait que vingt-huit ans. Comme Goethe, il s'affranchit ensuite de toutes les entraves et de tous les préjugés patriotiques et visa une culture européenne générale. Luther, Schiller, Kant, Körner et Weber ne devinrent pas longtemps les objets de sa vénération ; ils furent même ensuite violemment attaqués par lui, et l'étudiant superficiel qui parle d'incohérence se souviendra peut-être de la phrase de Nietzsche dans la strophe 12. de l'épilogue d' *Au-delà du Bien et du Mal* : « Seuls ceux qui changent me restent liés » ; *c'est-à-dire que* seuls ceux qui changent ont quelque chose en commun avec moi. — TR.